준비물은
사랑하는 마음

심지연 지음

인생 곳곳에 뿌려둔 준비물로

나는 나 자신을 더 잘 보살필 수 있는 사람이 될 거라는 걸.

그 동력으로 좋아하는 걸 더 애틋하게 여기게 될 거라는 걸.

낑낑거리며 사랑하는 마음을 꼭 끌어안고

미련하게 잘 살면 그뿐이라고.

준비물은 사랑하는 마음

준비물은 시를 사랑하는 마음 (부록)

준비물은
사랑하는 마음

새침하게 사랑하는 계절

봄이나 가을을 떠올리면 괜히 새침해지곤 했다. 존재만으로도 기본은 먹고 들어가는 계절 같아서, 남들은 다 좋아해주니 나는 그러기 싫었달까. 봄의 꽃내음은 기분을 살살 꼬시기 좋은 도구였고, 가을에 트렌치코트를 입고 시를 읽는건 쉽게 낭만적으로 살 수 있는 계절의 특권. 거저먹는 계절. 맞이하기 위한 준비도 필요 없다. 날 것 자체로도 예술이라서, 나는 내가 여름과 겨울도 아니면서 그런 게 늘 얄미웠다.

그래서 나는 누가 좋아하는 계절을 물으면 늘 여름과 겨울을 외쳤다. 땀에 잘 마르는 티셔츠, 보온이 좋은 외투, 선풍기와 핫팩, 선크림과 보습크림, 방학, 김장, 튜브, 털장갑… 준비해야 하는 것투성이라 한순간도 허투루 보낼 수 없는 계절. 당시 나는 쟁취하거나 성취하는 것만이 **진짜**일 거라고 믿고 있었다. 그런 이유에서 무언가 견디며 보내야 하는 여름과 겨울을 한 쌍으로 묶어 더 응원했었는지도 모른다. 견디는 것. 그런 마음을 먹을 때마다 견딜 수 있는 세계가 넓어지는 것 같았다. 계절을 무사히 보내고 나면 나를 더 기특하게 여길 수 있었다. 그것은 해마다 찾아오는 두 계절을 즐길 수 있는 보충제가 되었다.

그때까지만 해도 사랑은 불안하고 자기 자신을 갉아먹을 뿐이라고 생각했다. 아무 사랑은 문을 벌컥 열어 무해한 척 굴다 돌아서기를 반복했다. 봄 같은 따듯함에 속아 마음을 내어준 탓이었다. 또 이별인 걸 직감했을 땐 이미 벌게진 단풍에 내 마음 하나 물들일 수 없어 쓸쓸했다.

해로운 것

해롭기만 한 것

사랑이 해롭거나 말거나 여름은 언제나 당당한 자태를 뽐냈다. 날벌레 집합소, 찐덕임, 존재감을 드러내는 콤플렉스 곱슬머리, 우산도 뚫고 쏟아지는 빗방울… 그럼에도 비 온 뒤 눅눅한 평화는 순수한 어린 시절을 회상하기 좋은 날씨. 풀벌레 우는 소리가 들리는 도시의 밤은 맥주를 가장 맛있게 마실 수 있는 배경지. 찜질방 같은 습기에도 강렬한 주황빛의 일몰을 보느라 발걸음이 느려진다. 사그락거리는 초록 잎 사이를 걸으며 풀 내음이 코끝을 스칠 때면 날벌레를 뚫고 걷기를 잘했다며 나 자신에게 칭찬 스티커를 붙여주었다. 여름의 크고 작은 행패와 동고동락하면 여름의 여름다움을 이길 수 있는 건 아무것도 없어진다. 찐득거리는 여름의 활기는 여름의 모든 것을 미화시킨다. 그러면 뻔뻔한 말복이 입추보다 늦게 오는 것도 아무렴 어때. 여름은 커튼콜을 확실히 아는 것이 분명하다.

겨울은 어떠한가. 겨울의 한파는 사사로운 감정을 망각하게 만든다. '사랑이 다른 사랑으로 잊혀진다'는 하림의 노래 가사처럼, 칼바람의 고통은 미움도, 원망도, 눈물도 흘릴 틈을 주지 않는다. 그저 몸을 감는 온도만 중요할 뿐. 그래서인지 따듯한 곳으로 도망치면 모든 게 금방 괜찮아질 것만 같다. 단순하게 마음을 데울 수 있다. 단순해서 되려 무료해지기도 한다. 결국 추위도 언젠가 따듯해진다는 걸 알게 된다. 그것은 추위를 두려워하지 않는 비법이 된다. 바스락거리며 요란스레 발가벗은 나무가 그토록 월동준비를 열심히 했던 건 잘 도망치기 위해서, 따듯해지기 위해서, 결국엔 더 단단해지려고.

　그래서 나는 나른함에 무방비 상태가 되는 봄이 오면 불안을 기다리는 사람처럼 동동거렸다. 가을이 오면 우울이 코웃음을 유발하는 패션처럼 가볍게 보이는 게 언짢았다. 늘 봄의 단짝처럼 불리는 사랑에도 관심 없었다. 사랑이 없어 타격도 없었다. 나는 바쁘게 나를 알아가고 있었다. 때론 그 마음이 너무 깊은 곳을 향해 가고 있는 게 아닌지, 주변의 걱정을 사기도 했다. 누가 내 세계를 엿보려고 하면 지레 겁먹고 언제든 그의 반대편으로 도망칠 준비가 되어 있었다. 사랑에 빠져있었나. 누가 내 세계를 훔쳐 가는 것도 아닌데 깐깐하게 굴었다. 사랑으로 들뜨고 싶다가도 금세 식었다.

그런데 올봄, 우연히 갈색 뿔테안경을 즐겨 쓰는 사람을 알게 되었다. 사랑을 목적으로 만난 사이는 아니었다. 그런데 우연히 그가 어두운 밤이 무서워 매일 밤 형광등을 켜고 자는 순수한 사람이라는 걸 알게 되었다. 그와 말간 대낮에 차 한 잔을 마시고 돌아오던 길, 나는 친구에게 이렇게 말했다. *아무래도 사랑에 빠진 것 같아.* 라고 진부하고 신선하게. 사랑을 자각할 때 알아버렸다. 사랑은 대체할 수 없다. *(봄은 대체할 수 없다.)* 사랑*(봄)*이 최고라는 글보다 사랑에 빠진 찰나를 가져보는 것*(사방이 봄이라는 걸 만끽해 보는 것)*이 몇만 배 더 사랑을 실감할 수 있다는 것. 이제야 알았다. 그것은 사랑*(봄)*만이 가진 힘이라는걸. 하필 봄 한가운데서.

거저먹는 계절이라며 봄을 절절히 미워했었다. 사랑은 해로운 거라며 저만치 거리도 두었었다. 봄은 맞이할 준비도 필요 없다고 툴툴거렸지만 마음은 이미 봄 한가운데였다. 나는 봄과 가을을 좋아해 주기 싫었던 게 아니라 좋아한다는 걸 인정하기 싫었던 거다. 사랑(봄)은 내게 원근법도 없이 늘 커다랬으니. 스스로 사랑할 재량이 없다고 재단해 계절을 핑계 삼아 미워했다. 그런데 지금 내 처지는 사랑을 두려워하던 사람은 온데간데없는 **새침한 봄** 그 자체. 사랑할 수만 있다면 내 세계 따위는 통째로 포기할 수 있다고, 사랑밖에 없는 사람처럼 살아도 좋다는 생각뿐. 곧 겨울이 올 테지만 불안이 아닌 사랑 앞에 동동거리고 싶은걸.

나는 봄(사랑) 앞에 관대해졌다. 사랑에 빠졌다고 소문내고 싶어 자유롭게 앞장섰다. 매일 산책했다. 불쑥 찾아온 봄바람이 내 사랑에 협조해 줄 마음은 없어 보여도 나는 봄을 만끽했다. 사랑이 갖고 싶어 계속 봄이고만 싶었다. 사랑은 나를 또 구석으로 몰아칠 거였지만 불안한 마음마저 좋았다. 봄에 빠진 사랑은 거의 모든 것의 전부였다.

민들레 홀씨가 얇은 바람에 흩날렸다. 스쳐 간 사랑은 민들레를 따라 봄 여행 가듯 훌훌 떠났다. 봄바람 따라 불쑥 찾아온 사랑의 수명은 봄처럼 짤막했다. 봄(사랑)이 저무는 자태를 바라보는 일도 봄의 연장선. 여름 지나 계절은 가을을 향해 달리겠지. 저무는 봄을 그리워하며 여름을 견디고 열심히 가을을 탈 테다. 에밀리 디킨슨의 시를 읽고 최승자 시집을 끼고 다니며 낭만적으로 살 거다. 좀 거저먹으면 어때. 새침하게 사랑하고 이별하며 그리워해도 포용해 주는 것은 계절의 든든한 숙명. 얄미운 건 내 마음 하나.

싸구려 사랑 혹은 풋사랑

꼬소한 유채꽃 나물 무침을 기본 안주로 대접해 주는 조그만 술집에서 한라산에 제주 귤껍질을 담가 잔을 부딪치기를 여러 번. 같은 음악 취향, 작은 웃음소리, 소소하지만 광대한 삶이 함께 있던 그 밤. 그 밤은 마치 「이상한 나라의 앨리스」처럼 전혀 모르던 세계로 유인당한 것 같았다.

그 애는 제주에서 나고 자란 소년이었다. 나는 그 애의 정직한 면바지 차림과 오물거리던 입술이 사랑스러워 반했다. 특히 그 애가 자주 짓던 순한 장난기 서린 표정은 앞으로 그 애가 무얼 부탁하든 거절하지 못할 것 같다는 생각을 하게 만들었다. 그 애에게선 바르게 자란 사람만이 가지고 있는 아우라 같은 게 느껴졌다. 마음이 건강한 사람만이 누리는 특유의 분위기, 말로 형용할 수 없는 압도적인 것. 그 애는 결이 달랐다. 나와는 달라서 좋았다. 또 다른 누구와도 같지 않아서 좋았다.

그 애를 만난 건 운명이라고 하고 싶을 정도로 완전한 우연이었다. 그 무렵 나는 제주에서 만난 두 사람이 사랑에 빠져 서로의 일정의 절반을 내어주며 시작하는 생애 첫 소설을 쓰고 있었다. 소설은 이미 초고를 거의 다 쓴 상태였고 마지막 매듭 하나를 묶기 위해 떠나온 여행. 그러니까 말이다. 그런 제주에서 비누 향기를 풍기는 그 애를 만나 마침 쓰고 있던 소설처럼 흐르던 여행은 내내 꿈속을 걷는 것처럼 느껴졌다.

성산에서 만난 그 애와 남은 2일은 이호테우 해변을 여행했다. 제주공항과 가장 가까운 해변이라는 이유로 계획한 장소였지만 좋아하는 해변은 아니었다. 괜히 촌스러워 보이는 빠알간 말 등대는 내가 생각해왔던 제주의 감성과는 거리가 멀었기 때문이었다. 그날 우리는 꾸리꾸리한 날씨 탓에 늘어지는 낮잠을 한껏 자고 일어나 팅팅 부은 얼굴로 해변 초입부터 등대까지 걸었다. 어느새 날이 개어 하늘은 연한 분홍빛을 띠고 있었다. 골목에서 해변까지 걷던 길. 차갑게 생긴 까만 돌담 너머 빨래집게에 매달려있던 알록달록한 수건들. 푸르뎅뎅한 하늘이 분홍빛이 될 때까지 걸었던 조금은 어색하고 낯설던 시간. 그렇게 그 애와 같이 일몰을 보고 나니 이호테우는 꿈에도 자주 나올 만큼 좋아하는 해변이 되어 있었다.

서로의 이야기를 쏟아내던 시간들, 끊기지 않던 대화에 글을 쓰기로 한 여행의 목표 같은 건 이미 못 지키게 되었지만 아쉬운 것 없이 완벽했다. 그 애 덕분이었다. 그 애는 처음 가보는 겨울의 제주를 더욱 풍성하게 만들어주었다.

다음 날 오전, 나는 예정대로 육지에 돌아가는 비행기에 탑승했다. 그 애와 있을 땐 잘 그려지지 않았던 현실이 비로소 눈앞으로 다가왔다. 우리의 거리는 단순하지 않았다. 버스

나 전철이 아닌 비행기를 타야만 만날 수 있었고 서로 너무 다른 삶을 살아가고 있었다. 나는 결말을 아는 영화를 무심하게 보듯, 무의미하게 들뜨고 싶지 않았다. 차라리 그 애도 그렇게 생각해 주기를 바랐다. 그러나 서로가 가진 다른 삶에 대한 동경이 우리를 새로운 곳으로 데려다줄 거라고 믿었던 걸까. 무르기엔 아쉽게 자라 버린 애틋함은 그 애와 내가 사는 도시 사이의 멀고 먼 간격이나 현실의 삶 따위를 망각하게 만들었다.

한 달 후, 이번에는 그 애가 3일간 서울에 머무르기로 했다. 설레는 마음 안고 금요일 저녁에 도착한다는 그 애를 공항으로 마중 갔다. 처음이었다. 나를 위해 비행기를 타고 오는 사람을 기다리는 일, 그건 생각보다 꽤 설레는 일이었다. 헤링본 코트. 스트라이프 셔츠. 검은 캐주얼 단화. 누가 봐도 신경 쓴 차림새. 제주에서 내내 패딩만 입고 있었던 그때 그 애와는 사뭇 다른 분위기. 평소와 달리 멀끔하게 차려입고 출근한 그 애에게 직장 동료들은 누구를 만나냐며 음흉하게 캐물었다고 했다. 그 애는 내게 능글맞게 어깨를 으쓱해 보였다. 그 애다운 표현이었다. 정성이 담긴 만남임을 확신시켜 주었다. 사소한 마음이 두 번째 여행을 긴장하게 했다.

그해 겨울, 서울은 얇은 코트를 입고 걸어 다녀도 될 만큼 춥지 않았지만 그 애는 역시 육지는 공기가 다르다며 으슬거렸다. 온몸으로 남쪽에서 나고 자란 사람임을 실감했다. 우리는 3일 내내 서울 바닥을 쏘다녔다. 나는 흔해 빠진 익선동 골목을 처음으로 그 애와 거닐었다. 그 애의 꼼지락거리는 고운 손을 잡기 위해 코트의 좁디좁은 오른쪽 주머니 안으로 내 왼손을 멋대로 구겨 넣었다. 거리를 걸으며 말장난을 주고받다 토라져 손을 놓으면 그 애는 내 손을 찾아 다시 꼭 잡았다. 그 애에게 잡힌 손의 감각이 선명했다. 나는 어린 애처럼 그 애에게 자꾸만 토라지고 싶었다.

몇십 번의 횡단보도를 같이 건너고 몇만 보의 걸음을 맞춰 오래 걸었다. 처음 가본 겨울의 낙산공원. 그리고 함께한 두 번째 일몰. 순간을 오래 기억하고자 서로의 사진을 찍어주다가 같이 붙어 둘만의 사진도 만들었다. 각자의 휴대폰에

서로의 얼굴을 넣어보던 찰나의 순간들. 우리는 아주 오래 만난 연인들처럼 호흡이 잘 맞았다. 나는 짧은 순간이었지만 그 애를 오래도록 사랑하고 싶다고 생각했다. 우리는 버스와 전철 그리고 두 발로 땅을 내디디며 신촌, 익선동, 혜화동, 건대 입구를 누볐다. 그리고 3일째 되던 날 집으로 돌아가는 전철역 출구 계단 아래에서 서로를 꼭 껴안으며 작별 인사를 했다.

그 애를 다시 못 보게 된다는 걸 알았던 걸까? 애틋한 인사가 어쩐지 서운해 돌아가는 길엔 눈물을 잔뜩 머금고 고개를 푹 숙이며 걸었다. 마음이 텅 비어버린 것 같았다. 그날은 집으로 곧장 들어가지 않고 운동화 끈을 동여매고 동네를 한참 빙빙 돌았다. 그 애가 두고 간 여운을 감당하기 위해 걸었다.

마음이 다가오거나 빠져나가는 소리는 형태도 없는 무음인데 어째서 그 어떤 것보다 크게 들리는 걸까? 추운 날 마음이 너무 데워진 탓이었나. 나는 겨울 내내 그 애 생각을 했다. 이미 눈덩이처럼 커져 있는 마음. 이런 감정을 처음 가져보는 것도 아니었다. 흔한 감정으로 기억하긴 싫어 제주에서부터 바라던 대로 기쁘게 작별까지 했지만 그 애를 대하는 마음만큼은 서툴러 접어내기가 힘들었다.

나는 그 애가 없는 삶에서도 그 애가 그러자고 할 것 같은 것만 골라서 했다. 그 애처럼 삶을 건강하고 정성스럽게 살고 싶어졌기 때문이었다. 그 애는 내가 한 번도 생각하지 않았던 가치관을 가진 사람이었다. 나와 다르게 곧고 단정했던 사람. 처음 가보는 모르던 길을 이길 저길 따지지 않고 군말 없이 함께 걸었던 것처럼 한 치 앞도 알 수 없는 인생을 재지 않고 함께 걸어보고 싶었다.

시간이 한참 지난 어느 퇴근길 버스 안. 라디오에서 이호테우 해변을 소개하는 광고를 들었다. 성우 특유의 명랑한 목소리가 해변의 빠알갛고 허연 말 등대를 소개했다. 나는 다시 그 해변을, 그 애를, 핑크빛 하늘을 떠올렸다. 그리운 생각들은 나를 다시 제주에 가고 싶게 만들었다.

내가 다시 제주에 갔을 땐 유난히 길게 이어지는 장마로 공기는 더욱 습한 기운을 품었다. 나는 챙이 넓은 모자를 쓰고 그 애와 걸었던 그 길을 혼자 걷기 시작했다. 여름 제주가 이렇게도 덥고 습했던가. 빨갛게 그을린 볼때기와 저질 체력으로 나는 금방 탈진 상태가 되어버렸다. 더는 앞으로 나아갈 마음이 사라진 채 바다로 내려가는 나무 계단에 앉아 숨을 돌렸다. 가져온 노트에 내내 쓰고 싶던 마음을 적었다. *보고 싶다.* 그리운 마음을 글로 표현하자니 뾰족한 연필 끝은 금방 닳아 날카로운 칼날로 다시 깎아야 했다. 마음을 바다 깊숙이 묻어두고 허공에 흘려보내도 쉽게 사라지지 않았다. 휴대폰을 꺼내 엄지손가락으로 마음을 다시 적었다. *제주예요. 보고 싶어요.* 나는 평소답지 않게 망설임 없이 전송했다. 추억을 곱게 묶는 법을 배우지 못해 굳이 굳이 마음을 전했다. 나는 그 애의 오물거리던 입술에서 이미 오래전 들은 거나 마찬가지였던 그 말을 기어코 끄집어냈다. *미안해.* 그제야 그 말은 구름을 타고 계절을 건너 곯아진 마음에 도달했다. 건너온 세 글자에 애달픈 맘은 기어이 소명을 다했다.

인젠가 나는 가보지 않은 길, 가보고 싶던 길 어딘가 끝에 서 있을 그 애의 손을 잡고 끝을 시작 점으로 삼아 더 광활한 세계로 나아가 보고 싶었다. 내 소망이 활기를 띨 수 있기를, 춥고 험한 길을 같이 걸어가 보기를. 그 애는 내 세계를 동경했었다고 했지만 나는 언제나 그 애를 닮고 싶었다. 그 애가 내게서 보았다고 했던 순수함은 내가 그 애에게서 맡았던 비누 향기와 같았을 뿐. 나는 우리가 서로에게서 보았던 순수함을 똑같이 좋아해 주었던 것처럼 그 마음의 형태를 닮고 싶었다. 그러나 그냥 잠깐이라도 기적처럼 같은 마음이었으니 귀하게 여기고 말자고, 더 바라지 않고 그것으로도 행복했었다고 다독인다. 북적북적하고 좁은 골목에서 익숙한 듯 붙어 다니던 우리는 그냥 그날의 우리였을 뿐이라고 위로해 본다.

이따금 내게 사랑이 스쳐 지나갈 때마다 나는 이런 관계를 싸구려 사랑이라고 정의했다. 관계 사이에서 상처받았던 지난날들로부터 뒤틀려진 마음이 그렇게 만든 것이었지만 최소한의 상처만 받기 위한 찌질한 방패에 불과했다. 그러나 그 애와의 시간은 언제 생각해도 반짝였기에 저급한 단어로

관계를 단정 짓기 싫었다. 나는 상처받았음을 인정했다. 과거의 싸구려 사랑이라고 불렀던 관계로부터 받았던 상처들이 한꺼번에 밀려왔다. 나는 그 애의 건강하고 곧은 심성을 닮고 싶었기에 더 이상 싸구려 사랑 같은 건 하지 않겠다고, 그 애는 지금도 어디선가 바르게 걷고 있을 거라고 생각하며 그 애의 그림자도, 발자국도 없는 평평한 나만의 길을 따라 계속해 걸어보기로 했다.

전에 누군가 그랬다. 사랑 까짓것 한없이 진지하다가도 때론 금방 왔다 사라지는 유행 같기도 하다고. 그냥 그 타이밍에 맞는 누군가와 만났다가 각자의 관심사나 가치관 같은 것이 이유가 되어 헤어지기도 하는 것처럼 말이다. 나는 비로소 깨달았다. 싸구려이기를 바랐던 모든 해프닝, 그 끝에서 감정을 정면으로 바라보며 처음으로 내게 한없이 솔직해져보니 싸구려 사랑 같은 건 처음부터 없었다는걸, 다만 그 자리에 수줍은 풋사랑이 뭉그러져 있었을 뿐이었다.

한바탕 비가 내린 거리는 여름의 풀 내음과 찐 내음이 섞여 올라온다. 제주에서 소식이 들려왔다. 지난달에 보낸 소설책이 판매되었다는 반가운 문자였다. 나는 그 애를 떠올렸다. 골목 안에서 우리는 웃었고 걸었고 말했다. 한낮에 부는 바람에 겨울의 불씨를 흘려보냈다.

새해가 되어 세운 가장 큰 목표는 **솔직해지기**였다. 여태껏 나는 어느 상대에게도 솔직하지 못했고 인내는 피곤함을 유발해 연애 중에도 종종 혼자이길 바랐다. 그해 절반이 지나도록 나는 여전히 솔직한 사람과는 거리가 먼 듯했다. 그래서 겨울과 봄을 지나 여름이 올 때까지도 늘 그 애가 궁금했지만 어떤 말도 건네지 못했다. 마음이 타는 일이 무서웠다. 끝내 오지 않을 답장을 기다리게 될까 봐 겁이 났다. 그래도 나는 계속 걸었다. 걷지 않을 땐 늘 걷고 싶다고 생각했다. 상처를 그대로 받아들일 수 있는 찬란한 세계를 만나기 위해서. 그리고 여름 그날, 지표가 되었던 그 애와 나란히 걸을 순 없었지만 내 안은 그 애보다 더 큰 **무엇**이 생겼다는 것을 알 수 있었다. 그 **무엇**은 어떤 방식으로든 기어코 더 나은 내가 될 수 있게, 원하는 세계로 걸어갈 수 있게 만들었다.

그러므로 여름. 내 고백과 그 애의 사과로 시작해 서로의 안부를 묻고 농담을 주고받았던 그날, 나는 나 자신도 놀랄 정도로 그 애에게 열 마디 스무 마디도 넘게 솔직할 수 있었다.

나는 그 애를 처음 보았던 겨울부터 오랫동안 혼자만의 길고 긴 일기를 써왔다. 문장 끝에 점 하나를 찍는다면 쉼표이길 바랐는데 마침표가 되어있었다. 그러나 언젠가 마침표를 찍었던 잉크가 쉼표가 되기를 바라며 땀나게 걷기로, 시간의 흔적은 그대로 아름답기에 그 애를 따라 걸었던 것처럼 다시 씩씩하게 걷기로 했다. 여름날, 다신 싸구려 사랑이 돋아나지 않기를 바라며 재지 않고 그 애에게 보고 싶다며 고백한 솔직함에 대해 과거의 언제나처럼 부끄러워 말고 그저 곧아지기를. 가고자 했던 세계, 그 자체가 되기를 바라본다.

이 글은 손에서 상큼한 노란색 귤 냄새가 올라오던 지극히 주관적인 겨울의 이야기다. 이 글은 내가 썼던 소설의 일부도 아니고 삭제된 문장도 아니다. 그러나 가끔 책을 펼치면 어김없이 그 애 생각이 났다. 그 애는 내게 아무것도 하지 않았지만 동시에 모든 것을 하기도 했다. 다만 한 가지, 언젠가 그 애가 이 글을 읽더라도 내게 문자하지 않기를. 그럼 정말 제주행 비행기 티켓을 편도만 끊고 날아가 사랑을 이룰 때까지 돌아오지 않을 작정이니까!

취중괴담

2013년에 개봉한 「더 퍼지」라는 영화가 있다. 1년 중 12시간, 살인은 물론 어떤 범죄도 합법이 되는 **퍼지 데이**를 배경으로 전개되는 공포영화이다. **퍼지 데이**로 지정한 날엔 종교, 선과 악, 정치 성향, 원한 또는 **이유 없음**으로 인해 타인을 죽이거나 죽임을 당할 수도 있는데, 내가 본 어떤 영화보다 공포스럽다.

나는 몇 달 전 황서연의 집에서 그 외 2명의 지인과 함께 이 영화를 보고 소주를 마셨던 날을 떠올렸다. 10년의 알코올 우정으로 다져진 우리는 서로의 만취로 인한 흑역사를 하나씩 보유하고 있다. 그런 맥락에서 황서연은 **퍼지 데이**도 무섭지만 국가에서 **취중진담 데이**를 만든다면 그것이야말로 가장 끔찍한 일이 아닐 수 없다고 했다.

그녀의 상상은 나아가 **취중진담 데이**가 되면 성인은 모두 술을 마셔야 하고, 누가 무얼 질문하던 진실만 대답해야 할 거라고 했다. 거짓말로 대답할 경우를 대비하여 제약회사에선 이상 증세가 나타나는 약을 개발할 수도 있을 거라는 제약회사 직원다운 설계를 덧붙였다. 잠자코 듣고 있던 이과 출신 김주희는 곤란한 질문에도 대답할 수 없게 **일회성 입 꿰매기 필러**의 등장을 추측했고, 유일한 기혼자인 송이수는 돌싱의 가능성을 제기하며 말이 씨가 될 수 있으니 얼른 주워 담으라고 으름장을 놓았다.

모두 한마디씩 장난스레 거두고 있을 때 나만 편하게 웃지 못한 건 평소에 너무 많은 생각을 하고 살기 때문이다. 대개 취중진담이란 사랑 고백, 불행한 가정사, 험담, 짙은 정치색

등 굳이 떠들 필요 없는 잡동사니와 충동의 고향으로 지어진 것이었고 그것은 타인이 평소 어떤 생각을 하고 사는가의 근원이기도 했다.

황서연의 엉뚱함은 코로나바이러스에 대처하는 나라별 기상천외한 정책을 생각하면 말이 안 될 것도 없었다. 나는 위협을 느꼈다. 1천 개 가까이 도달하고 있는 휴대폰 메모는 **취중진담 데이**에서 약점으로 이용될 것이다. 그 숫자는 **너무 많은 생각**의 부피를 증명했다. 여러 번 시뮬레이션 해도 만취된 무의식 상태에 도달하면 입 폭탄이 될 것이었다. 내게 취중진담은 은밀한 만큼 재미를 보장하며 날것의 매력을 뽐내기도 하지만 짝사랑 상대와는 절교, 연인과는 이별, 빠지면 섭섭한 가정사에 의한 불필요한 눈물 파티, 때때로 불쾌한 카더라 통신으로도 이어져 왔기 때문이다.

이 글을 읽고 있는 당신은 너무 생각이 많은 내게 걱정인형이라도 쥐여주고 싶겠지만, 혹은 피할 수 없으면 즐기라고 말해주고 싶기도 하겠지만 평소에 생각을 너무 많이 하는 자는 그저 괴롭다. 알코올 경력 10년, 취중진담의 동반자이자 피해자인 나는 황서연 상상의 괴상함을 무시하고 일상에서도 상시 건강한 생각만 할 것을 다짐하며, 부끄러운 모든 것을 금하기를 특별 단속하겠다.

하지만, 역시 평소에 생각을 너무 많이 하지 않는 것이 가장 좋다고 생각한다.

아마도 욕지도 마스코트

통영의 작은 섬, 욕지도에 사는 한 강아지를 안다.

오랜 친구 조은영과는 매년 1월이 되면 신년 여행을 떠나곤 했다. 당시 우린 2014년에 방영한 드라마 「연애의 발견」에 뒤늦게 빠져 있었고 여행지는 고민할 필요도 없이 극 중 두 주인공의 사랑을 키워준 통영의 연화도로 정했다.

1월의 어느 금요일, 우리는 퇴근 후 통영으로 가는 버스에 나란히 몸을 실었다. 자정이 되어 숙소에 도착했고 비좁은 여관에 누워 들뜬 마음으로 잠이 들었다. 다음날, 출근하는 날보다 더 부지런히 준비해 통영항에 도착했다. 그러나 연화도로 가는 티켓을 구할 수 없었다. 강풍으로 결항이 된 것이다. 허무함도 잠시, 통영에 오기 위해 5시간이나 버스에서 시간을 보낸 것이 억울해서라도 어디라도 가야 했다. 그 많은 섬 중 당일로 안전하게 들어갔다 나올 수 있는 유일한 섬은 이름마저 낯선 **욕지도**였다. 조은영과 나는 몇 개 없는 블로그 후기를 의심하며 작은 배에 올라탔다.

잠시 후 항구에 도착했다. 처음 디딘 욕지도는 맛집은커녕 운영하는 식당 하나 찾기 어려울 법한 시골 섬이었다. 그땐 모노레일 같은 관광 시설이 생기기도 전이었다. 주말임에도 자그마한 섬에 내린 관광객은 거의 없었다. 그래도 섬 여행이라는 풋풋함으로 우리는 다시 설레고 있었다. 유일한 관광 코스인 출렁다리로 향하는 오르막길에 발걸음을 내디뎠다. 급한 성격인 나와 느긋한 조은영은 초반부터 격차가 벌어졌다. 얼마 후 뒤에서 조은영의 *우쭈쭈-* 하는 목소리가 들렸다. 돌아보니 꾀죄죄한 강아지 한 마리가 졸졸 쫓아오고 있었다.

어디서 온 강아지인지 몰라도 녀석은 처음 보는 사람에게도 친화력을 발휘했다. 강아지와 함께 살아본 적은 없어도 사람을 잘 아는 녀석이라는 건 금방 알 수 있었다. 우리는 다시 목적지를 향해 걸었다. 잠깐만 따라올 줄 알았던 강아지는 산길을 걷는데도 우리를 계속 쫓아왔다. 조은영은 이왕 동행하는 김에 이름을 지어주고 싶다고 했다. 나는 매사에 의심이 많아 그 와중에도 강아지의 동행을 수상쩍다고 생각했는데 그 길엔 우리밖에 없었으므로 장난삼아 여러 개의 이름을 번갈아 불러보았다. 누렁아! 나비야! 우렁아! 복실아! 호명한 이름 중 앞서가던 강아지가 유일하게 돌아본 이름은 우렁이. 그렇게 우리가 욕지도에 체류할 동안 그의 이름은 우렁이가 되었다.

동네 주민… 아니, 동네 주견 우렁이는 길잡이 역할을 톡톡히 했다. 우리는 재미 삼아 우렁이를 믿고 에스코트해 주는 길을 따라 올라가기 시작했다. 저만치 앞서가던 우렁이는 우두커니 멈춰 우리가 가까이 올 때까지 기다려주었고, 이내 가까워지면 다시 저만치 달려가 우리를 기다렸다. 언젠가 주워들은 정보가 생각났다. 강아지에겐 주인을 지켜야 하는 본성이 있다는 것. 그러니까 먼저 앞서가 돌아봤던 건 안전한 길이니 따라와도 좋다, 라는 뜻. 마음이 뭉클해졌다. 나는 우렁이도, 우렁이를 적극적으로 따르는 조은영도 영원히 의미를 몰랐으면 좋겠다고 생각했다. 동시에 병든 반려동물을 섬에 버리고 간다는 기사를 떠올릴 게 뭐람. 앞서가는 우렁이를 보며 그가 버려진 반려동물일지도 모른다고 생각했다.

 우렁이에 대한 상상으로 안타까운 마음을 품은 것도 잠시, 우리는 어느새 잡초가 무성한 폐가에 도착해있었다. 섬뜩했다. 우렁이는 갑자기 보이지 않았고 폐가 지붕 위에선 검은 고양이가 우리를 빤히 내려다보고 있었다. 역시 수상했다고 떠드는 나와 한순간의 신뢰를 잃은 표정을 하고 있는 조은영은 우렁이가 나타나 못 가게 막기라도 할까 봐 조용히 되돌아온 길로 걸어갔다. 욕지도에 온 이후 처음으로 우렁이 뒤꽁무니가 아닌 지도를 따라 둘이 되어 걸었다.

 돌이켜보면 폐가로 보인 집은 우렁이가 원래 살던 집이었을까 싶기도 하다. 주인이 육지로 이주하면서 우렁이를 두고 간 건 아닐까. 우렁이는 우리를 집으로 초대한 걸지도 모르겠다.

한참 보이지 않던 우렁이는 어느새 나타나 천연덕스럽게 순한 가이드처럼 굴었다. 그러는 사이 출렁다리 입구에 도착해있었다. 우렁이는 흔들리는 다리도 무섭지 않은지 고수의 모습으로 재빠르게 지났다. 전망대에선 다리를 건너느라 숨을 고르는 나와 조은영에게 퍼포먼스 하듯 난간 가까이 달려갔다가 아슬하게 다시 우리에게 달려오기를 반복했다. 나와 바리의 면모였다.

순수하고 영특한 강아지에게 간식이라도 먹여주고 싶었다. 혹시 우렁이는 여행객을 안내하고 식사를 대접받는 영업을 하고 있던 건 아닐까. 이런저런 상상을 하며 항구 근처까지 내려오자마자 슈퍼를 찾았다. 어딘가에 숨어 있을 슈퍼를 애타게 찾으며 우렁이가 그랬듯 잘 따라오고 있는가도 틈틈이 체크했다. 그런데 항구와 가까워질수록 우렁이는 어느 골목을 기준으로 걸음을 멈추고 다시 돌아가기 시작했다.

우렁아, 어디 가! 밥 먹자!
우쭈쭈-. 우렁아아!

그때도 만인의 개 아빠 강형욱 선생님을 알았다면 그 당황스러운 행동의 원인을 알 수 있었을지도 모른다. 부름에도 뒤돌아보지 않고 굽이굽이 사라진 우렁이는 대접할 기회를 주지 않았다. 그렇게 우렁이와 제대로 된 작별 인사도 하지 못했다. 우리는 섬 한 바퀴를 여행하고도 허탕 친 기분이 들었다. 허무하게도 그것이 우렁이와의 마지막 기억이 되었다.

이후 5년이 지났다. 여전히 통영과 욕지도를 떠올리면 우렁이가 보고 싶다. 그에 대해 아는 것이 턱없이 부족하기에 더 그렇다. 우렁이의 진짜 이름은 무얼지, 욕지 도민들에게 사랑받는 강아지 일지, 정말 취미가 여행객 가이드 일지 하는 것들이 아직도 궁금하다. 그날을 회상하면 우리는 비현실 세계에 다녀온 것 같다고 말하곤 한다. 인적 드문 섬, 낮

설고 늠름한 강아지의 친절함이 난생처음 겪는 무해함이라서 그럴 것이다.

조은영은 우렁이가 행복했으면 좋겠다고 했다. 많은 사람을 대접하면서 진짜 주인을 기다리고 있는 거면 슬프니, 금방 떠나는 우리 같은 여행객들은 더 만나지 않고 무엇도 기다리지 않았으면 좋겠다고 했다. 나는 우렁이가 외롭지 않기를 바라기로 했다. 욕지도는 전보다 많은 여행객이 다녀가는 섬이 되었으니, 섬에 있을 동안은 모두가 우렁이의 친구가 되었으면 좋겠다. 모노레일이나 출렁다리처럼, 우렁이에 대한 블로그 후기가 넘쳐나기를. 욕지도의 마스코트가 되어 바쁘고 활기차게 뛰어다니는 우렁이를 보고 싶다. 언젠가 다시 욕지도에 가면 사람 손때를 많이 탄 그 강아지를 만나고 싶다. 그에게 꼭 배부른 한 끼를 대접하고 싶다. 고마웠다고 말해주고 싶다.

좀 쑤시는 다리, 아니 좀 쑤시는 마음

밤부터 다리가 좀 쑤셨다. 오일 간 제주 여행의 마지막 밤
이었다. 얼얼하고 저릿한 느낌, 바늘로 콕콕 찌르기보단 울
긋불긋 벌겋고 시원하게 욱신거리는 통증. 일기예보를 보니
역시나 내일부터 비 소식이다.

이 통증은 외할머니부터 엄마, 나까지 3대가 대물린 퇴행성
관절염 증상이다. 주로 50대 이상의 여성에게서 나타나는 증
상이라고 하지만 엄마도, 나도 유년기부터 시작되었다. 주변
기압이 떨어질수록 통증을 더 심하게 느끼는 병. 3대 모녀는

이 통증이 심한 밤엔 잠도 제대로 못 잔다.

　새벽부터 비바람이 불어 오후 출발 비행기였지만 일찌감치 공항에 왔다. 20인치 캐리어 위 보따리를 올려 질질 끌고 노트북이 든 에코백을 어깨에 멨다. 집에서 들고 온 책 다섯 권, 제주에서 산 책 여섯 권, 선물 받은 책 한 권과 오일 간의 이런저런 짐이 섞여 곧 터질듯한 캐리어. 아무리 바퀴가 달렸다지만 끄는 것조차 힘들었다. 이것들을 이고 지고 비행기에 싣고 내려 비좁은 공항버스를 탈 생각을 하니 좀 막막했다.

　나는 날이 서 있었다. 시간 때우려고 들어간 커피숍은 만석에다 주문한 커피도 썩 좋아하는 타입은 아니었다. 아이들은 사람들 사이로 위험하게 뛰어다녔다. 뛰지 않는 아이들은 이어폰 없이 스피커를 최대로 올려 영상을 시청했다. 사방으로 갓난아기들이 울었다. 신경을 곤두세워 인파를 뚫고 걸어야 했다. 탈출해야 하는 미로가 따로 없었다.

　나는 탑승 게이트 근처 의자에 앉아 탑승을 기다렸다. 공항은 더욱 시끄러워졌다. 꾸역꾸역 참아가며 탑승만을 기다렸다. 커피숍에서 한가롭게 읽고 싶었던 책을 어수선한 틈새로 읽었다. 이어폰을 귀에 꽂아 소음을 차단해도 소음은 비집고 귀를 통과했다. 그렇게 1시간쯤 보내고 나니 탑승이 시작되었다. 가까스로 짐을 싣고 안전벨트를 채웠다. 옆 좌석에 앉은 3인 가족은 아이를 놀아주느라 어수선했다. 1시간 남짓밖에 되지 않는 비행 중에도 여전히 아이들은 울었고 개구졌다.

비행 1시간 내내 쉬지 않고 목청이 떨어져라 우는 아이가 있었다. 앉은 자리에서 보이진 않았지만 *에에엥*- 하고 울면 보호자는 곤란하고 다급한 마음에 아이 입에 손바닥을 대고 인디안밥을 하는지 울음소리는 곧 *에베에베에베*- 하며 바뀌었다. 사람들은 웃다가도 고요해졌고 모두 자신들의 아이를 단속하고 방치했다. 아이를 데리고 비행기에 탑승한 부모들이 대단해 보이기까지 했다.

그 아이는 비행기가 떠나가라 울었다. 더 이상 나올 울음이 없어 보였지만 울었다. 엄마가 아이를 달래며 난처한 듯이 애원했다. *그만 좀 울어. 내가 울고 싶다….* 우는 아이의 울음소리가 비행기 전체에 울렸다. 비행기에서 내리는 순간까지도 계속 울어 어떤 아이인지도 금방 찾을 수 있었다. 네다섯 살쯤 되어 보이는 남자아이였다. 사람들은 모두 아이를 쳐다봤다. 그다음 자연스럽게 보호자를 쳐다봤다. 보호자는 갓난아기를 안고 있는 여자 혼자였다. 혼자 두 아이를 케어하면서까지 비행기에 탑승하게 된 사정은 모르겠지만, 공기는 괜히 엄숙해졌다. 아무도 핀잔주지 않았다. 치사하게도 그 찰나의 순간 모든 예민함이 눈 녹듯 사라졌다. *참 울고 싶겠다….*라는 생각이 먼저 든 건 엄마였던 적도 없는 나의 경솔함. 방정맞게 눈물이 차올랐다. 나는 더 이상 아이와 엄마를 쳐다보지 않았다. 괜히 다리가 더 욱신거렸다.

20년 넘게 경기도 용인에 살고 있지만 그전엔 의정부, 포천, 양주를 옮겨 다니며 살았다. 양주의 시골 동네 **송추**에 살았을 때 홍수 피해가 심했던 해가 있었다. 빗물이 온 마을을 덮쳤던 여름. 엄마 말에 따르면 마을이 쑥대밭이 되었다고 했다.

　우리는 그때 1층에 살았다. 그날은 들이닥치는 빗물을 막을 도리가 없었다. 장판이 빗물로 들렸고 수시로 빗물을 닦던 수건은 금세 적셔졌다. 아빠는 직장에 있었고 하필 볼일을 보러 나갔던 엄마도 비 때문에 그곳에 발이 묶였다. 나는 그런 집에서 동생과 함께 엄마를 기다렸다. 빗물로 찰박거리는 그 집에서 너무 어려 제대로 서 있지도 못하는 동생을 돌봤다. 엄마 흉내도 냈다. 곧 엄마가 오니 울지 말라고 달랬다. 어쩔 도리 없이 발을 구르며 눈물이 멈추기만을 기다려야 했다.

　서서히 비가 그쳤을 때 엄마가 돌아왔다. 난장판이 된 집구석을 보곤 백팩에 간단한 짐을 챙겨 양어깨에 멨다. 밖으로 나가니 흙탕물이 된 빗물은 어린 내 종아리까지 적실 만큼 차올라있었다. 엄마는 친하게 지내던 아주머니의 집으로 가자고 했던 것 같다. 그 집은 고층이라 아직 안전하다며. 당시 이십 대의 중후반을 지나고 있던 엄마는 비장하게 한 손으로 동생을 들었다. 옆구리에 꼈다는 표현이 더 정확할 것이다. 다른 한 손으론 내 손을 꼭 잡았다. 나는 엄마의 꽉 쥔 손에 의지해 흙탕물을 건넜다. 얇은 모래가 발가락 사이에 스며들던 감촉이 아직도 선명하다. 다리까지 차오르던 빗물에 입고 있던 반바지가 젖어 찝찝하다고 투덜거리던 기억까지…. 그날도 비가 와 좀 쑤셨을 엄마의 다리는 짐가방과 동생, 나까지 책임졌다. 우리는 홍수로 부서진 돌다리 옆을 지나 걸었다.

아주머니네서 아빠가 올 때까지 기다렸다. 감사하게도 그 집의 방 한 칸을 쓰게 해주셨다. 우리는 엄마가 타준 코코아를 마시며 몸을 따듯하게 데웠다. 아직 아빠가 오기도 전이었는데 마을 전체가 정전된 상태였다. 늦은 밤 손전등과 함께 내가 좋아하는 과자 봉지를 든 아빠가 왔다. 나는 어렸지만 비로소 가족이 다 모여 안도했었던 것 같다. 우리는 한 침대에 누워 손전등 하나에 밤을 의지했다. 나와 동생은 아빠의 손그림자 공연을 관람했다. 달팽이, 새, 꽃게를 보며 꺄르르 웃던 동생은 얼마 후 쌔근거리기 시작했다. 엄마는 다리가 욱신거린다는 몇 마디를 하곤 젖은 집 걱정을 했다. 나는 아빠가 사 온 과자를 씹으며 깊은 잠에 빠졌다.

  살면서 수도 없이 많은 비를 맞았지만 다리가 좀 쑤시면 나는 여전히 그날이 떠오른다. 무사한 지금 그 일은 내게 어린 시절 추억이 되었다. 엄마도 그 일을 기억하고 있을까 싶어 별생각 없이 물었을 땐 예상 밖의 대답이 돌아왔다. 엄마는 빗물로 더러워진 흙탕물을 건너던 그때, 목숨을 걸었었다고 했다. 나는 그런 줄도 모르고 어리광을 피웠을 거다. 말은 안 했어도 엄마는 날 참 징하다고 생각했을 거다. 울고 싶은 건 엄마였을 거다. 비행기에서 만난 모르는 아이의 엄마를 보니 엄마도 울음을 참아가며 나를 키웠겠지 싶었다. 목이 메어 가슴이 쿵쾅거렸다. 그러면 다리가 욱신거려 잠을 설쳐도 상관없었다.

아무튼, 인내심

출판사 위고, 제철소, 코난 북스에서 만든 『아무튼 OOO』 시리즈를 좋아한다. 하나의 소재가 한 권에 꽉 차 있는 책. 취향을 자랑하고 그것에 대해 원 없이 말하는 저자들의 이야기가 담긴 책. 제목으로 당당히 승부하는 책. 취향을 모으는 일이라면 사족을 못 쓰는 내게 그 시리즈는 출간될 때마다 소비 욕구를 불러일으키는 마성의 책이다. 나는 출간된 50여 권 중 절반쯤은 이미 사거나 읽었을 정도로 시리즈를 좋아하는 오랜 독자. 하나의 소재로 한 권의 책을 쓴다는 건 도대체 얼마큼의 애정과 덕심이 있어야 할까? 그럼에도 불구하고 아무튼 **무엇**이라는 게 내게도 있을까? 아무리 생각해도 나는 한 권의 책을 쓸 만큼 좋아하거나 잘 아는 건 없는 것 같다.

그런 이유에서 한 달 한 편의 글을 써 합평하는 글쓰기 모임의 글 주제가 **아무튼 OOO**으로 정해졌을 때 좀 막막했다. 세상에 취향을 드러내는 방법이 두 종류라면 전자는 『아무튼 OOO』 시리즈의 당당한 제목들처럼 말하고 싶은 걸 대문에 써 붙이는 종류일 테고, 후자는 전자가 운을 띄면 그것에 공감해 주는 종류일 테다. 나는 전형적인 후자의 인간. 그러고 보니 이러한 면모는 지극히 인내심 때문이라는 생각이 들었다.

인내심은 오래된 내 무기였다. 자기소개서에나 쓸 법한 흔한 장점. 돈 한 푼 안 쓰고 좋은 사람인 양 과시할 수 있는 나만의 비법. 참는 걸 잘한다는 건 *쟤 좀 신중한 거 같은데?* 라는 말을 듣고 싶어 안달 난 찌질한 무기.

눈물 참기, 아픈 거 참기, 마음 참기, 불의 참기, 불만 참기,

불이익 참기, 자랑 참기, 미움 참기, 표현 참기, 상처받았다고 말하는 것 참기, 사실은 헤어지고 싶지 않다고 말하는 것 참기, 서운하다고 말하는 것 참기, 관심 있다고 말하는 것 참기, 보고 싶다고 말하는 것 참기, 집에 가고 싶다고 말하는 것 참기, 정의 참기, 반격 참기, 호기심 참기…. 미친. 묵언 수행하는 수련자도 아니고. 그래서 일기를 그렇게도 많이 썼나? 안 참아도 되니까.

대체적으로 나는 내 주관에 대해 말하는 걸 꺼렸었다. 참지 않아 내게로 시선이 집중되는 상황이 부끄럽고 불편했다. 나 때문에 타인이나 분위기가 틀어지는 게 싫었다.

내 인생에 숙주 같은 인내심이 본격적으로 미워진 건 최근 본 영화 한 편 때문이다. 영화는 아내의 외도를 목격한 남자가 그것을 묵인하고 사이좋은 결혼 생활을 이어가는 것으로 시작한다. 남자는 외도뿐 아니라 외도로 인한 자신의 상처도 함께 묵인한다. 그는 굳이 말로 내뱉음으로써 깨지게 될 평화가 두려웠던 걸까. 표면적인 평화가 공존하는 결혼 생활은 보는 사람으로 하여금 위태위태한 분위기를 조성한다. 남자는 계속 혼자 감당한다. 그러다 어느 날 아내는 갑작스러운 죽음을 맞이하게 된다. 이후 영화는 남자가 사랑하는 아내를 그리워하는 초점으로 전개된다.

중반부까지의 남자의 표정은 일관돼있다. 상처를 스스로 돌보지 않은 사람의 내면의 표정, 산처럼 응어리가 쌓여 있는 답답한 갑옷 같은 표정. 내가 영화에서 가장 좋아하는 장면은 남자가 그 지겨운 표정을 버리는 장면이다. 세상에 없는 아내에게 상처받았다고 말하지 못한 것에 대한 후회를 자각하는 장면. 너무 참아 썩어 문드러져 그늘진 마음이 쉽게 회복할 수 없다는 걸 아는, 지독한 현실에 괴로워하는 장면이다. 나는 영화를 다 보고도 그 장면을 몇 번이고 머릿속으로 재생시켰다.

내게도 참다가 타이밍을 놓쳐 후회한 순간이 있었다. 영화의 그 남자처럼 지나간 연인에게 상처받았다고 말하지 못했다. 상처받지 않은 척 지내다 비슷한 이유로 상대에게 계속 실망만 했다. 그러다 혼자 감정이 식어버려 이별로 이어졌던 경험… 그에게 변명할 기회조차 주지 못했던 것. 나는 알면서도 자각을 회피했었다. 잘못되고 있다는 것쯤은 알고 있다. 나 자신에게 떳떳하지 못했다. 상처를 말하는 것에 능숙하지 않아 그대로 굳어버린 마음으로 타인을 대하는 습관이 아직도 타인과의 솔직한 관계를 두렵게 한다.

나는 참는 것이 모든 오류의 명분을 주지 않는 거라고 믿었다. *나만 참으면 돼.* 그러나 이 믿음은 참았기에 자처한 일처럼 보이는 곤란한 상황을 맞닥뜨릴 때마다 잘게도 부서졌다. 부서진 믿음은 원한 적 없는 오해를 낳았다. 차가운 사람 같다는 오해, 맷집이 세다는 오해, 언제든 *땡스 오케이*하는 애라는 오해, 유리 멘탈일 것 같다는 오해, 안 사랑한다는 오해, 쿨하다는 오해, 활발하다는 오해, 언제든 연락을 환영해 줄 거라는 오해, 무난한 사람이라는 오해, 어떻게 되든 상관없다고 생각한다는 오해, 호감이 있다는 오해, 미움받고 있다는 오해, 기분 좋다는 오해….

오해의 세계가 더 커질수록 나는 꾸며진 사람이 되어갔다. 참은 것들로 인해 여러 차례 피곤해졌다. 고놈의 안 참을 용기 하나 없어 해명도 참고 피곤함도 참았다. 누적된 인내의 피로는 울화통으로 이어졌다. 참다 참다 터트린 까칠함에 대한 회신은 너 나 할 것 없이 *갑자기 왜 그래?* 였고… 비로소 인내는 완전한 내 과실이라는 걸 알았다.

타인을 향해 열어두었다고 생각한 인내는 스스로를 고립시키는 짓이었다. 아무도 환영하지 않는 관계라는 걸. 언제 화가 났는지, 언제 가장 기뻤는지, 뭐 때문에 상처받았었는지, 왜 슬픈지, 지금 내 상태는 어떤지 말했어야 했다. 참는 걸 잘한다는 건 나에게서 너(모두)를 소외시키겠다는 뜻이었다. 그것은 무기가 아닌 내 오래된 약점.

그러니 나의 **아무튼**은 (안) 아무튼, 인내심.

쓰는 것과 쓴 것으로부터 해방하는 것

글쓰기가 먼 선망의 대상일 뿐이었을 땐 글 쓰는 사람들은 영화의 한 장면처럼 영감이 떠오르면 책상 앞으로 달려가 뭐에 홀린 듯 휘리릭 쓰는 줄로만 알았다. 창밖으론 나뭇가지가 흔들리고, 오래된 나무 의자에 앉은 작가는 체크 서츠를 입고 있으며, 그의 시간은 무조건 늦은 새벽. 그즈음 나는 멋대로 상상한 작가를 따라 휘리릭 떠오른 척 멋지다고 생각한 몇 개의 문장을 엮어 여기저기에 전시하곤 했다. 내 멋에 취한 사람처럼. 그것은 놀이. 그저 시인 놀이.

그 시절 나는 그런 조금은 경솔하고 가벼운 마음으로 글쓰기 동지를 만들었다. 내가 만난 그들은 글쓰기에 진심이었고 진지했다. 나도 그들을 따라 글쓰기에 진지해졌고 놀이를 벗어나 진짜 열망이 무엇인지 체감했다. 우리는 서로를 채찍질하고 독려하며 건강한 동지애를 키워나갔다. 나는 그들에게서 시선을 배웠다. 동력을 배웠다. 지구력을 키웠다. 연애로 치자면 썸만 수십 번 타다 드디어 장기 연애를 하고 있는 중이었다. 지지고 볶더라도 함께하고 싶은 게 되었다. 그때부터 거의 매일 글을 썼다.

어떤 이들은 종종 왜 쓰냐고 묻는다. 생업도 아니지 않냐고. 글쓰기가 밥이라도 먹여주냐는 식의 거들먹거리는 투로 묻는 이도 있다. 글쓰기는 내게 무엇을 주는가. 아니 무엇을 줄 수 있는가. 사실 글쓰기가 내게 무엇을 줄 수 있고 없고 같은 이익을 따져가며 쓰려고 했던 적은 없는 것 같다.

당시 내 내면은 글쓰기로 정리하지 못한 비포장도로였다. 그래서 글쓰기에 대한 질문과 답은 마치 투쟁과도 같았다.

계속 썼다. 읽고 쓰고 읽고 썼다. 내면이 반포장도로쯤 정돈

되었을 때 나는 글쓰기에 대해 변명하는 게 얼마나 의미 없는 일인지 깨달았다. 오해하게 두는 게 해명하는 것보다 훨씬 쉽게 느껴졌다.

나는 이미 그간 쓴 글에서 나 자신에게 많은 것을 해명했기 때문이다. 과거의 어떤 부채나 사랑, 미움, 원망, 증오, 우정 등……. 내가 품고 있던 마음을 하나씩 꺼내 내 식의 편집을 거쳤다. 내가 아닌 이야기로 재탄생 시켰다. 쓰는 동안 나는 비겁하고 비열하게 나와 내가 아닌 모든 것이 되었다.

그러니 글쓰기에 대한 걸 해명할 이유가 사라졌다. 글쓰기가 도대체 뭐냐는 이들을 그냥 재촉하게 됐다. 나는 나를 순화하고 미화하는 일에 중독되었다. 일종의 수련이었다. 글쓰기는 더 이상 놀이가 아닌, 되고 싶은 내가 되는 쾌감이자 계속 쓸 수 있는 동력이 되었다.

쓰는 것
쓴 것으로부터 해방하는 것

나는 반복했다. 분주하고 치열하게 궁리했다. 그러면 지금까지 쓰고 전시한 글을 모두 삭제하고 처음부터 쓰고 싶다는 생각이 들 때도 있었다. 과거의 나를 질책했다. 자아가 이렇게 자주 변화하는 건 줄 알았다면 책을 두 권이나 만들지 않았을 거다.

이미 엎질러진 물. 어차피 엉성한 과거들이 모여 덜 엉성한 현재를 만든다. 그러면 덜 후회하는 현재와 쓸만한 현재가 만나 근사한 미래를 만날 수 있을지 모른다. 과거 시인 놀이를 했던 것도 나. 지금은 시인 놀이가 아니라고 착각하는 것도 나. 그럼에도 글쓰기를 계속하고 싶다고 생각하는 것도 나. 어쨌든 더 괜찮은 미래를 살고 싶은 것도 오롯이 나.

글쓰기,
그것은 내 세계를 탐구하는 자유 위에 유영하는 특권. 그것을 누려본 사람만이 계속 쓰고 사랑할 수 있다고 믿는다.

준비물은 사랑하는 마음

이효리의 수많은 사진 중 유난히 무드가 짙고 사랑스러운 사진은 모두 남편 이상순의 작품이다. 그의 사랑스러운 시선은 사진 한 장에 모두 응집되어 담겼다. 사람들은 감동했다. 화려한 치장이나 배경도 없는 환경에서도 다채로운 마음을 보여줄 수 있는 건 사랑이라는 걸 망각하고 있었던 것처럼.

나도 마찬가지였다. 사진은 사랑이 담기면 비로소 완성되는 예술이라는 걸 사진 한 장으로 복기했다. 이후 나는 누가 내 사진을 찍어준다고 하면 받자마자 사랑이 묻어있는가부터 확인했다. 그런 건 특별한 기준 없이도 단번에 알 수 있었는데 미련하게도 사랑이 덜 묻은 사진을 받으면 서운하기도 했었다. 그 마음이 어리석은 것인 줄 알면서 괜히 매달렸었다.

너 나 별로 안 사랑하는구나.

이런 식으로 멋대로 사랑을 선별했다. 사랑이 영원하지 않을 줄도 모르고 겁 없이. 나는 한 시절 연인으로부터 이상순의 이효리가 됐었다. 시간은 흘러 흘러 한 시절이 지나면 당연하듯, 나를 이상순의 이효리로 만들어 주던 이는 다시 다른 이효리를 찾아 떠났다.

내가 찍어준 사진이 가장 자연스럽고 마음에 쏙 든다는 사람도 있었다. 나는 그를 짝사랑하고 있었다. 그가 사진이 마음에 든다고 했을 때 나는 마음을 전부 들킨 사람처럼 얼굴이 벌게졌다. 사랑한다고 고백하고 뒷걸음질 친 아이처럼 당황했다.

사랑을 품은 모든 이에게 해당하는 간단한 마법. 나는 이 마법의 시선을 연인뿐 아니라 친구나 가족에게도 옮겼다. 점점 사랑하는 그들을 사랑스럽게 만들어주는 일에 더 정성 들였다. 사랑한다고 말하는 대신 사진을 찍어 전송했다. 찰나를 남용했다. 그것이 사랑을 표현하는 가장 쉬운 방법임을 알았다. 말로 하기엔 한없이 어려운 사랑은 손가락 몇 개만 움직이면 별것도 아니게 되었다. 사진으로 담고 싶은 순간을 전보다 더 좋아하게 되었다. 휴대폰 사진첩이나 필름 카메라 필름에 담긴 순간들은 모두 사랑이 탄생하거나 무르익는 순간이었다.

  서른하나의 봄과 여름 사이, 강원도 고성의 어느 해변에서 나는 사랑하는 친구 김지혜의 웨딩 촬영 사진 기사가 되었다. 바다 앞에서 사진을 남기고 싶다는 말 한마디로 시작된 대장정은 기어코 거절하지 않아 일을 키웠다. 웨딩 관련 종사자도 아니었다. 오래전 웨딩플래너였던 적은 있었지만 그건 아주 잠시였다. 그런데 양심도 없이 욕심이 솟아났다. 확실한 준비물 하나만 있으면 촬영 장비가 휴대폰이라는 것도,

촬영 기사가 아마추어라는 사실도 무관할 것 같았다. 사랑하는 마음 하나. 내가 계획한 확실하고 유일한 준비물이었다.

사실 난관이 있었다. 모델이 될 예비부부는 평소 서로를 쳐다보기만 해도 웃음을 참기 힘들어하는 장난기 넘치는 사이였다. 카메라 앞에만 서면 데면데면하거나 웃느라 정신없었다. 나는 괜한 사명감이 들었다. 해본 적도 없는 추임새로 그들을 구슬렸다.

그 표정 좋아요. 이뻐요. 더 이쁘게. 느끼하게 쳐다보세요. 수줍어하세요. 허리를 좀 감싸주세요. 볼에 살짝 뽀뽀해 주세요.

오래전 예식장과 포토 스튜디오에서 목격했던 전문가의 말투를 흉내 냈다. 시간이 지날수록 그들은 자연스러워졌다. 쳐다보기를 민망해하지 않았다. 시키지도 않은 다정한 포즈를 연출했다. 과감해졌다. 그들은 서로에게서 서로를 보고 있는 것 같았다. 오랜 친구 곁에서 서로의 사랑을 만끽하고 있는 듯했다.

일몰 지나 다시 일출, 새파란 바다와 첩첩산중 앞에서 찍은 촬영도 여행하듯 즐겁게 흘렀다. 촬영을 마치고 집으로 돌아가는 길에도 나는 물에 흠뻑 젖어있는 사람 같았다. 엔돌핀이 흘러나오는 상태에서 헤어 나오지 못한 기분이 들었다. 약간의 각성 상태. 삼백 장도 넘는 그들의 사진을 감상하고 또 감상했다. 사진 속 친구는 수줍었다. 행복해 보였다. 어머니로부터 고대로 물려받은 미모는 사진에서 더욱 사랑스럽게 빛났다.

사랑은 사진 한 장에 모두 응집되었다. 사랑으로 뭉친 두 사람을 사랑으로 촬영한 결과물은 별다른 수정 없이도 완벽했다. 나는 앞으로 어떤 사진을 찍게 되더라도 고성에서의 특별한 여행을 잊지 못할 거라는 행복한 예감이 들었다.

얼마 후 떠나온 제주 여행에 그동안 찍고 봉인해둔 필름을 한가득 갖고 왔다. 필름 주머니를 열어 모두 침대에 쏟았다.

족히 이십 롤은 되어 보이는 양이었다. 일 년 전부터 무르익을 걸 기대하며 일부러 스캔하지 않은 필름들. 언제 어디서 촬영한 필름인지는 표시하지 않았다. 혼자 하는 여행의 작은 이벤트로 모아둔 필름을 랜덤으로 골라 스캔해보기로 했다. 어떤 사랑을 꺼낼지 점치는 것. 모두 똑같이 생긴 롤 다섯 통을 챙겨 에코백에 넣었다. 십 분쯤 걸어 아담한 필름 가게에 도착해 스캔을 맡겼다. 얼마 지나지 않아 휴대폰으로 사진이 전송되었다는 알람이 울렸다. 지난해 5일간 머물렀던 통영, 같은 해 친구들과 떠났던 10월의 춘천 여행, 그리고 5월, 고성에서의 시간. 하나같이 모두 사랑으로 채워졌던 시간이었다. 마음에 걸리는 것 없이 살고 싶어졌다. 더더욱 확실한 준비물 하나만 사수하며 살고 싶어졌다.

노란 원피스, 노란 장미

올해 처음으로 돌아가신 할머니 기일에 제사를 지내지 않았다. 대신 가족이 함께 장례를 치렀던 납골당을 찾았다. 5월의 끝자락은 수년 전 할머니를 보내드렸던 그날처럼 여전히 초록 잎이 만개해 있었다.

엄마와 꽃집에 들러 할머니에게 선물할 꽃을 포장하기로 했다. 색색의 꽃들은 조명이 켜진 유리 안에서 숨 쉬듯 생생하게 누워있었다. 왠지 노란 장미가 눈에 띄어 그중에서도 싱싱해 보이는 세 송이를 골라 작은 다발을 주문했다. 주황색

카네이션이 섞인 오랜만에 쥐어보는 꽃다발은 싱그러운 초여름과 퍽 어울렸다.

알츠하이머를 설명하는 유명한 말.
그 병은 호전되지 않는다. 악화되는 것을 늦출 수만 있다.

실로 그 말에 대해선 우리 가족은 뼈저리게 안다. 아빠의 낡은 승용차를 타고 미아리 고개에서 이 도시로 할머니를 모시고 오던 날을 기억한다. 얇게 열린 창문 틈 사이로 후텁지근한 공기가 차 안을 미지근하게 달궜다. 그때도 여름이 올 무렵이었다. 고등학생이 되면서 함께 살게 된 할머니는 이미 나를 몰랐다. 병은 꽤 진행된 상태였고 우리는 십여 년간 왕래가 없던 관계였다. 아빠는 장남으로서 할머니를 더욱 사랑해 주고 싶었던 것 같다. 할머니는 우리 가족을 자주 깜빡했다. 매일 눈 뜨면 *여기가 어디냐*며 낯설게 물었다. 아빠에게는 매일 아저씨는 누구냐며 물었고, 그럴 때마다 아들인 아빠는 수백 번도 더 대답했음에도 처음 해보는 대답처럼 정답게 알려주었다. 할머니는 그저 매일 안고 있는 분홍

돼지 인형이 수십 년 전 갓난쟁이일 때 죽은 아들이라고 믿을 뿐이었다.

그 병은 호전되지 않는다.
악화되는 것을 늦출 수만 있다.

시간이 지날수록 전쟁의 불씨는 커졌다. 할머니를 잃어버리기라도 하면 집안이 뒤집혔고 잃어버리지 않기 위해 잠금장치도 교체했다. 답답한 할머니가 쥐고 흔든 온 집안의 문고리는 너덜거렸다. 견뎠다. 우리 가족은 그 시절 한마음으로 견뎠다. 며느리인 엄마는 할머니의 거의 모든 의식주를 책임졌다. 동생은 쓰던 방을 처음 본 할머니에게 내어줘야 했지만 불평 하나 하지 않았다. 시시때때로 가족의 질타를 받아야 했던 아빠는 단 한 번도 뻔뻔하지 않았다.

갱신할 뿐이기만 한 그 슬픈 병은 할머니를 요양원으로 모시게 만들었다. 요양원이 집이 된 할머니는 우리를 더욱 낯설고 친절하게 대했다. 그 내면의 낭떠러지에서 위태위태하게 버티고 있던 우리는 마침내 낙하했다. 할머니에겐 여전히 분홍 돼지 인형이 함께했다.

　날씨와 함께 과거의 기억이 몰려왔다. 그러고 보니 수년 전 할머니의 임종에도 나는 노란 원피스를 입고 있었다. 샛노란 색이 여름과 어울려 가장 좋아하던 원피스였다. 우리는 노란 장미 다발을 들고 봉안당 높이 있는 할머니를 우러러보았다. 기억은 더 선명해졌다. 그날도 이처럼 푸르렀다. 햇볕이 쨍했다. 기도하던 큰고모 가족도, 군 생활 중 급히 연락받고 나온 동생의 꾸벅꾸벅 졸던 모습도, 일개 사원이던 나 때문에 바쁜 업무 중에도 찾아와준 첫 직장 동료들도, 삼 일간 장례식장 한구석에 꾸겨져 잠자던 우리 가족도, 유품을 정리하다 요양원으로 모실 때 사드린 할머니의 새 신이 여전히 새것 같아 마음이 아팠던 것도, 집으로 돌아갈 때 다시 갈아입은 노란 원피스가 너무 쨍쨍해 부끄러웠다는 사소한 생각마저….

　할머니가 돌아가신 지 한 달쯤 되었을 때 꿈에 할머니가 찾아왔었다. 임종 직전엔 걷기도 힘들어하셨는데 꿈에선 튼튼

하게 걸어 다니며 웃고 계셨다. 주변을 돌아보니 장례식장에서 만났던 친척들이 모여있었다. 왜 여기에 다 같이 있냐고 묻자 그들은 할머니의 임종을 기다리고 있다고 했다. 나는 꿈에서도 이미 돌아가신 할머니의 임종을 기다리고 있다는 말이 아이러니하다고 생각했다. 베란다 창으론 백색의 햇빛이 뭉쳐 들어왔다. 모두 쌩글거리며 시간을 보내고 있었다. 할머니는 내가 본 모습 중 가장 순수해 보이셨다. 모두가 그를 아픈 사람이 아닌 고운 모습으로 기억해 주길 바라듯, 언젠가 사진으로만 봤던 할머니의 젊고 고운 자태처럼… 모두에게 인자하고 상냥하게 웃어주셨다. 나는 그렇게 할머니에게 작별 인사를 고했다.

이제 와 돌이켜보면 나는 우리가 매일 처음 보는 사이와 지겨운 사이를 오가며 지냈던 그 시간 사이로 우정이 자라나 있었다고 생각한다. 노란 장미와 노란 원피스는 내 사진첩에 기록되어 잊어버릴 수도 없이 언제든 꺼내 볼 수 있는 기억이자 기록이 되었다. 할머니가 기억조차 못 할 시간을 우리는 각자 기억 속에 나누어 가졌다. 시간이 지날수록 무해한 마음만 남는다. 이제는 당연히 지겨울 수도 없다. 그러니 매년 더 무해해지는 마음을 안고 초여름이 되면 노란 꽃다발을 살 거다.

우리만 아는 우정의 마음을 담아 상냥하게 웃는 그 표정 위로 노란 꽃을 선물하고 싶다.

마시고 취하고 망하고 헐렁해지기

  술 마신 다음 날을 좋아한다. 취해서 흐리멍덩하게 잠들고 일어나 울렁이는 속을 게워내면 몸에 모든 수분이 쫙 빠진다. 얼굴엔 핏기라곤 없는 상태. 꼭 체력이 고갈된 것처럼 헐렁하게 지내고 싶어진다. 나사 하나 빠진 사람처럼. 그런 날은 평소와 달리 전투적으로 걷지도 않는다. 걸음 소리는 터덕터덕. 느리고 여유롭게 생활한다. 상냥해지기도 한다. 평소에 많은 긴장을 하고 사는 만큼 헐렁한 하루는 귀하다. 자의도 타의도 아닌 채 흘리는 하루. 긴장할 체력 같은 건 없다는 듯, 취한 다음 날은 누구에게든 너그러운 어리광을 부리고 싶어진다. 그런 이유로 나는 자주 취해 자주 헐렁해지고 싶다고 생각한다.

여느 때와 마찬가지로 술 마시던 어느 금요일, 멤버는 늘 그렇듯 나와 김지혜 그리고 양한잔(성이 양씨인 그는 과거 한 잔만 마시자더니 병나발을 불고 기억을 잃은 적이 있다. 그 후 양한잔은 친구들 사이의 영원한 애칭이 되었다) 까지 셋이었다.

양한잔이 물었다.

너네는 술을 왜 마셔? 맛있어서 마셔?

그때의 양한잔은 막걸리로 시작해 맥주를 지나 김지혜가 선물 받은 이과두주 한잔을 **뺏어** 마시는 중이었다. 우리는 당황했다. 술이 단 적은 있어도 **맛있어서** 마신 적은 없었기 때문이다. 나와 김지혜는 술을 **취하려고** 마시는 부류 중 하나였다. 우리는 왠지 주춤거리며 말했다.

난 취하려고 마시는데?

다 같이 망해가는 분위기 너무 좋지 않냐.

어어. 엉망진창으로 취하고 춤이나 추고 싶어.

고개를 끄덕이던 양한잔은 다소 무거운 대답을 뱉었다.

난 다 잊고 자려고 마시는데.

그러기엔 모든 술을 너무 맛있게 마시는 양한잔이었다. 그런데 아예 신빙성이 없는 말은 아니었다. 정말 다 잊어야만 잠이 들 수 있는 그녀의 삶이 딱하고 안쓰러운 마음이 드는 건 사실이었다. 그녀를 대변하는 천직이 형사이기 때문이다. 그녀는 범죄 스릴러나 경찰을 주제로 만든 창작물은 절대 가까이하지 않는다. 현실은 그보다 더 불가피한 사건 사고들로 엉망진창이니 볼 필요성을 못 느끼는 모양이었다. 매일 상처받는 양한잔이 진지하건 말건 취하고 싶은 김지혜는 그럼 오늘 먹고 다 잊자는 식의 구호를 외쳤고 모든 걸 잊고 싶은 양한잔은 누구보다 맛있게 연달아 술을 마셨다.

망해간다는 말은 좋지 않을 때 쓰는 말이지만 우리 사이에선 투정쯤으로 치부되었다. 망하고 싶어. 누구 하나가 이렇게 말하면 억지로라도 당사자를 끌고 와 술잔 앞에 앉혔다. 동네 중국집에서, 양 한잔의 자취방에서, 김지혜의 신혼집에서, 순대 국밥집에서, 투다리에서… 셋은 둘이 되기도, 넷이 되기도, 때로는 다섯이 되기도 했다. 우리는 밤이 깊어질수록 망해갔다. 취했다. 잊었다. 모두 잊고 잤다.

봄밤은 소주를 마시기에 좋은 날씨였고 며칠 전 자정쯤 찾은 편의점의 야외 테이블은 낯선 이들 모두가 취해있었다. 모두가 3차쯤 되는 모양이었다. 어떤 이는 반주도 없이 두 주먹을 마이크 삼아 고래고래 노래를 불렀다. 나는 그 노래를 알지도 못하면서 박자에 맞춰 물결처럼 팔을 흔들거렸다. 그는 내가 그러거나 말거나 신나게 노래를 부르며 스스로 망해가는 중이었고 근처에 앉아있던 다른 낯선 이들은 노래 같은 건 못 들은 것처럼 제각각 취해있었다.

집으로 걸어오는 길엔 오랜 친구들과 얼큰하게 취해 안치환의 「사람이 꽃보다 아름다워」를 열창했다. 클라이막스를 부를 땐 정말 사람이 꽃보다 아름답게 느껴져 울컥했다. 다 같이 망해가는 게 느껴졌다. 이들 사이에 나란히 걷는 게 행복해 두 양팔을 수평으로 올려 좌우로 비행기 타듯이 종종거렸다. 비틀거려지는 걸음을 똘똘하게 고칠 생각은 없었다. 긴장할 체력을 모두 소진해 헐렁해지면 그뿐이었다.

비움을 수집하기

어딜 가나 짐이 많은 이를 사람들은 보부상이라 부른다. 그건 나를 대변하는 말이기도 했다. 전보다 나아졌지만 여전히 큰 가방을 이고 다닌다. 아직 즉흥 여행에도 무리 없을 보따리 수준이긴 하다. 그러나 이제는 잉크가 지워진 영수증이나 면봉 따위는 들고 다니지 않는다. **혹시** 필요하게 될 순간이 극히 드물다는 걸 안다. 없다고 하여 큰일 나지도 않는다.

혹시라는 단어는 부사임에도 내 인생에 주어나 목적어보다 더 자주 등장할지도 모른다. 나는 사람은 언제 어디서 무슨 일이 생길지 **혹시** 모른다고 생각하는 주의의 사람이기 때문이다.

 혹시 지금 안 사면 내일은 없지 않을까?
 한정판은 못 참지. 미래 가치를 생각해.
 혹시 언제 필요할지 모르니 샘플은 매일 들고 다녀야지.
 이건 가볍잖아.

 그렇게 짐이 하나둘씩 늘어난다. **혹시**의 등장은 대부분 소유에서 비롯된다. 무소유를 유행처럼 추구했던 시대에 반하는 방식이긴 하지만 좋은 작용을 할 때도 있었다. 나는 덜렁거림의 대명사 친구 조은영의 소지품 분실의 위험을 452번 정도 모면해 주었고(너 그거 챙겼어? 테이블에 카드 두고 왔더라. 휴대폰은?) 여태껏 단 한 번도 지갑을 잃어버린 적이 없기 때문에…. 주민등록증엔 학창 시절에 찍은 증명사진 그대로 자리매김하고 있다. 그 덕에 비행기를 탈 때마다 공항 직원에게 의심을 사지만. (12년 전 찍은 사진과 나를 번갈아본다…) 아, 이건 별로 좋진 않은 것 같다.

소유에 관한 걸 이야기하려면 방 이야기를 빠트릴 수 없다. 내 방, 내 세계는 그런 식으로 수집한 물건들의 창고다. 분기별로 출간해 모아야 할 것 같은 강박을 주는 시리즈 책들, 순전히 물욕으로 구매한 아직 읽지 않은 새 책들, 여행지에서 충동적으로 데려온 온갖 소품, 문구점 갈 때마다 사들인 문구류들⋯ 매일 사도 없는 하양고 검은색의 기본 티셔츠. 이런 것들은 자칭 수집가의 면모를 뽐내기 좋다.

그런 내가 물건을 버리기 시작한 건 사소한 짜증 때문이었다. 지난 5월, 새로 산 흰색 반팔 티셔츠를 찾는데 옷장 앞에서 시간을 30분이나 허비했다. 옷더미를 뒤지느라 먼지 알레르기까지 시작되었을 땐 폭주족이 되어 있었다.

먼지 알레르기에 예민해진 나는 눈에 뵈는 게 없어져 다시는 옷장 앞에서 뭘 찾느라 시간을 허비하는 일은 만들지 말자는 다짐을 했다. 곧장 베란다에서 옷을 담을만한 큰 비닐봉지를 가져왔다. 재채기를 하며 반나절 동안 크게 세 봉지를 채웠다. **혹시** 언젠가 입을지도 모른다는 생각이 들면 가

차 없이 담았다. 그놈의 **혹시**때문에 일어난 사단이었다. 모두 버렸다. 그 결과 흰색 반팔 티셔츠는 물론 그 어떤 옷도 한눈에 찾을 수 있었다. 옷장이 보기 좋게 깔끔해졌다. 새 옷을 사도 공간이 널찍했다. 넓어진 옷장을 바라보니 마음에도 공간이 생긴 듯 여유로워졌다. 그리고 깨달았다. 버려야 새로운 걸 채울 수 있다는 걸. 잠깐이었지만 미니멀리스트를 지향하며 사는 사람들을 이해할 수 있었다.

옷을 버린 날은 수집의 과도기에 봉착한 날이었다. 비움의 욕구는 다른 종목으로 옮겨붙었다. 무해하다는 평계로 사들인 문구와 인쇄물이 대상이었다. 여러모로 어려운 과제였다. 의미 부여 대장으로서 어떤 것도 버리기엔 마음이 아팠기 때문이다. 처박힌 여러 종류의 포장 봉투, 모서리가 구겨지거나 빛바랜 엽서들이 쓰레기봉투에 입장할 때마다 울부짖는 것 같았다. 미래의 내가 현재의 나를 원망한다고 해도 소용없었다. 현재의 나는 대범한 상태였다고 변명할 것이다. 나는 모든 걸 가차 없이 북북 찢었다. 마침내 해냈다. 서랍장도 옷장처럼 한눈에 수납된 물건을 볼 수 있을 만큼 깔끔해졌다. 심지어 모자란다고 생각해 하나를 더 사야 하나 고민했던 서랍장은 되려 하나를 버리게 되었다. 방치는 특별함을 녹슬게 한다는 걸 알았다.

그날 나는 몹시 개운했다. 후련함은 말할 수 없이 벅찼다. 수집과 방치를 일삼았던 내 세계는 과부하였다. 그것들을 모으느라 지불한 돈을 생각하면 슬펐지만 꼭 필요한 것만 갖추고 싶다는 확신이 생겼다. 수집은 사전적 의미로 취미나 연구를 위하여 여러 가지 물건이나 재료를 찾아 모으는 일이라고 한다. 물건을 향한 나의 과도한 집착은 본질을 해쳤다. 인정했다. 내가 버린 그 어떤 것도 수집이라고 말할 수 있는 건 없었다.

그럼에도 여전히 수집 욕구는 좀비처럼 내 주변을 맴돈다. 그 마음은 한 번에 덜어낼 수 있는 것도 아니었다. 그래서 비움을 수집하기로 했다. 뭐라도 수집해야 직성이 풀리는 금단현상. 그럼에도 때때로 **혹시**가 찾아와 나를 괴롭게 하지만 그때마다 나는 미니멀리스트로 거듭나는 김칫국을 마시

기로 했다. 그러면 다시 잘 버릴 수 있는 마음이 자라나 대범

해질 수 있을 것이다.

마음을 눈으로 읽는 일

비움을 수집하기로 마음먹고, 글도 썼지만 그건 오로지 책 이외에 물건에 해당하는 말이었다. 작년까지만 해도 나는 살면서 돈 주고 산 책은 판 적 없었다. 학창 시절엔 푼돈 모아 샀다는 이유로, 스스로 돈을 벌고부턴 책장에 대한 로망이 있다는 이유였다. 독서보다 책이라는 물성을 더 좋아했을 때부터, 취미가 없어 취미를 독서로 적어 냈을 때부터 내 공간이 생기면 커다란 책장에 빼곡히 꽂힌 책과 독서용 안락의자를 놓으리라는 먼 다짐을 했더랬다.

누구보다 도서관과 서점을 자주 다녀 독서왕(단지 애서가였지만)이라는 별명으로 불려 우쭐거리던 학창 시절을 지나 성인이 되어선 도무지 책만 좋아할 수 없었다. 이십 대는 바쁘게 흘러갔다. 책에서 만든 허구의 세계가 아닌 진짜 세계를 배워갔다. 성인만 되면 다 되는 줄 알았던 이십 대는 준비의 연속이었다. 어른 될 준비, 연애할 준비, 새로운 친구를 만들 준비, 졸업할 준비, 휴학할 준비, 돈을 벌 준비, 직업을 정할 준비, 사회인이 될 준비, 저축할 준비, 각종 문화에 익숙해질 준비, 취향을 만들 준비, 연인과 헤어지고도 멀쩡할 마음의 준비, 기나긴 인생을 잘 살 준비… 그래서 이십 대의 난 커다란 책장의 로망은 잊었던 것 같다. 내 마음은 내면이 아닌 바깥으로 향했다. 세상이 너무 궁금해서, 어떤 게 옳은지 몰라서, 그저 학창 시절의 『상실의 시대』나 『깊은 슬픔』이나 『호밀밭의 파수꾼』을 읽던 기억만 간직한 채.

그때 내 방구석을 차지하고 있던 책장의 크기는 작은 2단짜리였다. 사물의 크기가 마음을 모두 대변하는 건 아니지만 당시 내 인생에서 책의 지분은 10% 미만이었다. 책장의 크기도, 독서에 할애하는 시간도 딱 그만큼이었던 것 같다. 그래서 읽고 있는 책을 완독하지 않으면 새로운 책을 사고 싶은 욕구도 없었다. 완독이 한 달이 걸리든, 두 달이 걸리든 크게 관심도 없었다. 그만큼 간절히 궁금한 책도 없었다. 책은 책이었다. 책을 향한 마음이 꽤 단순했다. 내게 지루한 책은 내가 책을 읽을 줄 몰라서였고, 어려운 책은 내가 무식해서였다. 그런 이유에서 스테디셀러가 아닌 고전은 읽을 엄두도 못 냈다.

좋아하는 작가 목록도 오래전 취향에 멈춰있었다. 무라카미 하루키, 알랭 드 보통, 요시모토 바나나를 포함한 몇몇의 일본 소설 작가, 김연수, 신경숙, 전경린, 이석원, 황경신…. 긴 시간 붙잡고 있던 소설 한 권을 완독했고 새로 읽을 책을 탐색했지만 좋아했던 작가들의 신간은 아직 출간 예정에도 없었다. 성인이 되고 거의 처음으로 서점의 신간 목록을 훑었다. 읽는 속도가 느리니 호흡이 길지 않은 소설이면 좋겠다 싶었다. 고민 끝에 젊은 작가상을 받은 작가들의 글을 모아 엮은 소설집 한 권을 구매했다. 동시대에 쓰인 글은 시대를 반영한다. 시대가 요구하거나 반하는 주제를 가진 그 소설들의 매력에 흠뻑 빠졌다. 몇몇 작가의 다른 책을 찾아 읽었다. 독서에 가속도가 붙었다. 가속도가 그들을 알고리즘 삼아 그들이 거론하는 또 다른 작가의 책을 찾아 읽게 했다. 취향이 다양해졌다. 좋아하는 작가 목록이 갱신되었다. 고전이 고전인 이유도 알게 되었다. 독서의 범위는 점점 넓어졌다.

책의 세계에 빠질수록 마음은 바깥이 아닌 내면을 향해 파고들었다. 별거 아닌 취미가 아닌 도저히 질리지 않는 취미가 되었다. 바깥을 향해있던 20대의 시간을 긁어모아 책을 읽는 데 다시 쓰고 싶을 정도였다. 책에 쓰인 허구의 세계는 현실의 내 정신을 혼미하게 만들었다. 읽을수록 또 다른 책과 분야가 궁금해졌다. 책을 읽으려고 퇴근 시간만 기다렸다. 직장에 다니며 하루 5시간을 책 읽는 데에 썼다. 결국 좁은 방에 300여 권의 제법 많은 책이 꽂히는 커다란 책장을 무리하게 들였다. 2단 책장이 있던 자리엔 2미터짜리의 책장이 자리했다. 군데군데 여백이 보이는 책장을 채우기 위해 적극적으로 책 쇼핑에 나섰다. 미니멀라이프를 실천하자는 다짐은 온데간데없이 사라진 애서가의 첫 책장은 금세 만실이 되었다.

허겁지겁 사들인 책으로 인해 독서 방식도 변했다. 새 책을 펼치는 기준은 완독이 아닌 기분이 되었다. 매일 저녁 책장 앞으로 가 오늘의 기분을 대표하는 몇 권의 책을 골랐다. 내키는 페이지까지 읽고 덮고 읽고 덮는 병렬식 독서를 반복했다. 그런 식으로 그해 100권이 넘는 책을 읽었다. 독서에 대해 자랑할 만한 세 자리 숫자가 생겼다. 좀 뿌듯했다. 독서 부심이 자라났다.

책 쇼핑의 경로도 다양해졌다.

(1) 온라인 서점
매일 아침 온라인 서점 신간 목록을 확인한다 - 흥미로운 제목이나 주제, 궁금하거나 좋아하는 작가의 신간이 출간되었는지 확인한다 - 장바구니에 담는다 - 베스트셀러 목록을 확인한다 - 아직 안 읽은 책의 후기를 점검한다 - 장바구니에 담는다 - 며칠 후에도 사고 싶은 마음이 유효하면 산다.

 (2) 오프라인 서점

 메인 진열대에 올려진 신간과 베스트셀러를 확인하며 온라인으로 보던 책 표지와 느낌을 매칭해본다 - 서문이나 첫 문장을 읽는다 - 표지 뒷면의 추천사나 줄거리를 확인한다 - 온라인 서점이나 SNS로 후기를 점검한다 - 서점의 큐레이션 구역에서 새로운 책을 발굴한다 - 앞에 순서를 반복한다 - 산다.

 그 외 SNS로 공유된 문장 하나를 읽고 덥석 사버리기도 하고, 궁금한 분야의 책을 일부러 찾아 사기도 한다. 물론 거의 모두 당장 읽을 책은 아니었다. 궁금한 책이 늘 책장에 꽂혀있어야 안심되었다. 그 마음은 책장을 더 끔찍이 생각하게 했다. 주말엔 나들이 대신 책장을 뒤엎었다. 읽은 책, 새 책, 읽다 만 책, 읽었지만 기억나지 않는 책, 읽으려고 쟁여둔 책, 나중에 읽고 싶을 것 같아 산 책… 휴일이면 작은 서점의 점원이 된 것처럼 책장 정리를 했다. 고객은 나 하나지만, 책들을 모두 꺼내 어떻게 배치할 건지 신중하게 고민하고 마음의 노선에 따라 애지중지 책들을 꽂았다. 색깔별, 장르별, 작가별, 최애와 차애별 등 배치를 바꾸고 만족하는 건 하나의 놀이였다. 책장 때문에 더 좁아진 방이어도 좋았다. 로망은 불편을 자동으로 감수하게 만들었다.

그 커다란 책장은 점점 만실을 넘어 이중 주차 수준이 되었다. 세로로 세운 책 위에 가로로 넌 책, 그 앞엔 다시 세로로 세운 책들이 빼곡히 차지했다. 안 읽은 책을 구분하기 위해 책장 밖의 자리도 내어주었다. 책은 바닥에서 쌓여갔다. 사고 못 읽은 책이 많아질수록 책이 부채같이 느껴졌다. 속 빈 강정이라는 말이 제격이었다. 책 수집은 멈추고 비움을 수집할 단계였다.

먼저 책을 그만 사기 위하여 이북 리더기를 샀다. 휴대폰으로 읽을 때보다 눈은 덜 피로하지만 종이책의 아날로그적인 감성과 종이의 질감은 전자책이 나눠줄 수 없는 대체 불가

한 매력이었다. 그럴 때마다 종이책이라는 물성보다 읽는다는 무형의 행위가 더 중요한 거라고 스스로에게 주문했다.

 그다음 앞으로도 읽지 않을 것 같은 책을 솎아냈다. 400여 권이 넘는 책 중 처분해야 할 책은 무려 80여 권이었다. 비교적 깨끗하게 읽은 30권은 온라인 중고 서점에 보냈다. 나머지 50권은 당*마켓에 권당 2,000원에 올렸다. 반응이 없어 1,000원으로 내렸다. 새 책의 10분의 1도 안 되는 가격임에도 책에 관심 주지 않는 동네 사람들을 속으로 살짝 미워했다가 과감하게 무료 나눔으로 변경했다. 그러자 여러 사람에게 쪽지가 왔다. 처음 문의 온 사람에게 나눴다.

 온라인 중고 서점에 보낸 책들로 소액의 돈이 생겼다. 예상 금액보다 적은 액수였지만 좋은 일을 한 것처럼 느껴졌다. 책을 읽으며 밑줄 긋지 않거나 모서리를 접지 않았다면 더 좋은 품질로 인정받았을 거란 욕심이 생겼다. 책장에도 딱 필요한 책만 꽂혀있는 것 같이 명료해졌다. 점점 요령도 생겼다. 새 책을 읽을 때 전처럼 아무렇게나 밑줄을 긋지 않고, 과감하게 모서리를 접지도 않게 되었다. 당*마켓에 올린 게시물엔 장사꾼 DNA를 장착하고 **안 사면 손해**라는 치졸한 문구도 적었다. 어쩌다 보니 귀한 사인본까지 보냈다. 산다는 사람에게 잘 골랐다고 칭찬해 드렸다. 1,000원 받으며 문구점 판매원이라도 된 듯 예쁜 봉투에 담아 아끼는 연필까지 사은품으로 넣었다. 손때 묻은 책을 필요한 주인에게 다시 보내는 일은 손해 보는 느낌도 들지 않았다. 책을 사랑하는 마음이 매개가 된 거래는 새 책을 사는 것만큼이나 흥미로운 일이 되었다.

책을 중고로 보낼 때마다 나는 내 책장을 더 사랑하게 되었다. 그것은 일종에 내면을 가꾸는 일. 내보내는 책은 과거의 마음, 지금은 불필요해진 마음. 한 권의 책은 각각의 무한한 세계, 비워지고 채워지는 책장은 마음을 눈으로 읽는 일. 좋아하는 건 무조건 많이 소유해야 하는 줄 알았던 지난날의 나를 다시 한번 반성했다. 요즘은 책을 쓴다는 명분으로 어떤 책이든 쉽게 내보내지 못하고 있지만, 어떤 책이든 머물렀다 떠날 수 있는 터미널 같은 책장이 되기를, 자주 바뀌더

라도 비워야 할 때 비울 줄 아는, 내면을 잘 가꿀 줄 아는 사

람이 되기를 바라고 있다.

사랑스러움은 대상을 바라보는 이의 몫

　코로나바이러스가 유행한 지 1년째, 머릿속은 완전히 행복했던 기억이 까마득하다는 생각으로 가득 차 있었다. 결국 유치함밖엔 살길이 없었다. 나는 봄을 맞이해 함께 유치해졌으면 하는 김지혜, 조은영과 제주도행 비행기에 올랐다. 종달리에서 두 밤, 평대리에서 한밤이 그 행복의 계획이었다.

　오후 비행기를 타고 제주도에 도착해 공항에서부터 한 시간을 달렸다. 이미 종달리는 땅거미 진 저녁이었다. 마을의 유일한 슈퍼는 6시면 문을 닫는다고 하여 공항에서 간단한 요깃거리를 사 왔다. 육지에서 오는 우리에게 제공한 집주인의 배려였다. 그 상냥함은 마을의 첫인상을 따듯하게 만들어주었다.

 가벼운 차림으로 미리 예약한 식당까지 걸었다. 띄엄띄엄 영업 종료 표시를 한 식당이나 커피숍 사이에 위치한 낮은 주택 안으로 불빛이 노랗게 번졌다. 작은 마을의 규칙 같아 귀엽게 보였다. 골목을 돌고 돌아 주택 사이로 가장 밝은 불빛을 가진 조그만 식당에 도착했다. 처음 먹어보는 생선 요리와 하이볼의 조합은 우리의 기분을 아주 먼 곳으로 데려갔다. 테이블마다 놓인 노란 조명은 우리의 시간을 더 특별하게 만들어주었다. 숙소에서 먹을 요량으로 요리 한 가지를 포장했다. 집으로 가는 길엔 심심찮게 강아지들이 등장해 기분을 더욱 밝혀주었다. 숙소에 도착해 익숙한 것처럼 티브이를 켜고 바닥의 온도를 높였다. 작은 테이블 위에 아직 따끈한 오꼬노미야끼와 화이트 와인을 차렸다. 오순도순 모여 앉았다. 여행인 듯 아닌 듯 익숙한 노닥거림으로 설레는 첫 번째 밤이 저물었다.

세수가 필요 없는 사이는 서로의 관심에 집착하는 일이 드물다. 그래서 우린 여행지에서도 각자 원하는 방식대로 시간을 보내왔고, 이번 여행도 마찬가지였다. 햇빛이 쏟아지는 통에 잠에서 일찍 깬 조은영은 모자를 눌러쓰고 돗자리와 책 한 권을 챙겨 일찌감치 나섰다. 김지혜는 아침부터 뜨거운 물을 받아 목욕재계를 했고 나는 필름 카메라만 챙겨 바다 앞으로 나갔다. 먼저 간 조은영이 어디쯤 자리를 펴고 누워있을지 상상하며 걸었다. 전화를 걸 생각은 없었다. 어디냐며 묻는 연락이 오히려 촌스럽게 느껴졌다. 두 갈래 길이었기 때문에 만날 확률은 반반이었다. 나는 괜히 어렸을 적처럼 우연히, 반갑고 싶어졌다. 빼곡한 까만 돌 위에 서서 이리저리 셔터를 누르며 고요한 시간을 보냈다. 해안 길을 따라 이십 분쯤 걸으니 저 멀리서 조은영이 달려왔다. 내 이름을 부르며 엉성하게 달려오는 그녀의 표정이 어려서 보았던 그때의 표정처럼 해맑아 남은 하루의 평화를 기대하게 만들었다.

오후엔 종달항에서 출항하는 배를 타고 달려 우도에 도착했다. 우리는 각자 원하는 교통수단을 타고 한 바퀴를 순환

하기로 했다. 김지혜는 스쿠터를, 조은영은 전기차를, 면허가 없는 나는 전기 자전거를 선택했다. 김지혜의 표정에서 비장한 각오가 드러났다. 김지혜는 이번 여행의 소규모 프로젝트로 장롱면허 소지자 조은영의 능숙한 운전을 계획했기 때문이다.

1인용 전기차 안 긴장한 표정이 역력한 조은영이 양손 핸들을 고정한 채 낮은 속도로 달렸다. 그 자태는 강단 있는 그녀의 어머니를 연상케 했다. 실은 그녀는 매사에 근심이 많아 횡단보도도 자유롭게 못 건너는 성격이다. 때문에 그녀를 조금이라도 아는 사람이 작은 공간에서 고군분투하는 그녀를 본다면 결코 사랑을 떠올리지 않을 수 없을 것이다. 면허시험을 보던 날 선생님의 무서운 호통과 운전에 대한 공포로 울보가 되었던 건 지금의 그녀를 사랑스럽게 만들어주는 투명한 진실이었다.

마스크로도 숨길 수 없는 경직된 표정은 우스꽝스러웠다. 기필코 목적을 이루겠다는 절실함도 엿보였다. 그동안 주변인들로부터 운전 연수 한 번을 못 받은 이유는 주특기가 칠칠하지 못함이었기 때문이다. 그 덕에 수년이 지난 지금도 장롱면허를 면하지 못하고 있지만 이번엔 다르다. 중형차 소유자인 김지혜가 최선을 다해 보기로 했기 때문이다. 지혜는 하는 말의 80%가 장난을 치기 위한 수단이었지만 친구가 해 보고자 하는 일엔 진지했다. 사려 깊은 김지혜와 끝내 원하는 것은 해내고야 마는 조은영의 합작은 여행 마지막 날, 기어코 조은영을 지혜로운 운전자로 거듭나게 만들었다.

월요일 오후 3시의 평대리는 적당히 눅눅하고 맑은 날씨가 무색할 정도로 인적이 드물었다. 커다란 창밖으로 돌담과 수평인 파도가 보이는 집은 우리가 고른 야심작이었다. 해가 지기 전, 부리나케 마트에서 저녁 식량을 사 왔다. 이른 저녁의 분위기는 달달하고 톡 쏘는 모스카토 와인과 닮았다. 일몰이 보이지 않는 동쪽 바다는 대신 청량한 어두움을 선사했다. 좋아하는 드라마의 명장면을 나누어 보고 서로의 엉뚱한 부분을 꼬집으며 웃었다. 분위기를 고조시키기 위한 인디 음악, 팝송 없이도 우리는 우리만의 추억으로 신나게 융화되었다.

 서로 동떨어진 가로등 빛이 유일한 등이 된 밤, 땅바닥 드러
눕기 경력자인 김지혜와 조은영은 가져온 돗자리를 외면하
고 그대로 눕기를 자처했다. 망설임은 나에게만 해당하는 일
이었다. 이내 별이 잘 보인다는 꼬임에 넘어가 그 옆을 소심
하게 누웠다. 별 보다 낭만적인 듯한 유치한 행동은 아주 자
유로운 마지막 밤을 보내기에 과분했다. 철없이 굴 때 가장
행복하다는 걸 아는 나의 친구들과 땅바닥에 머리를 붙이고
따분하지 않은 이야기로 밤을 채웠다. 기억도 안 날 가볍고
유치한 농담만 주고받았다. 약속이라도 한 것처럼 이직 걱
정, 미래 밥벌이에 대한 고민, 연인의 단점이나 결혼에 대한
스트레스 같은 건 일절 말하지 않았다. 그런 건 지금 이 순간
우리에게 중요한 게 아니었다.

 퇴근이라도 한 듯 바닷물도 밀려간 시간, 머리카락이 꼬질
해질 때까지 누워있던 그 시간에 나는 처음으로 그들이 낯
설게 느껴졌다. 여행이 불편하지 않았던 건 아무렇지 않게

아량을 베푸는 그녀들 덕이라는 생각이 들었다. 교복을 입던 날부터 내내 함께한 관계는 다정함이 결여되어 있다고 착각한 과오.

타인의 기분을 의도적으로 언짢게 한 적이 없는 듯한 그녀들이 조금은 까칠한 나와의 여행을 오래 기억해 주기를 바라는 마음에서 썼다.

오로지 사춘기 소녀들처럼,
명랑한 특징밖에 없는 것처럼.

나의 유일함은 바로 지금

어젯밤 책장을 옮겼다. 아니, 어젯밤에도 책장을 옮겼다. 혼자 옮기기엔 좀 큰 가구이기는 하지만(책장의 크기는 2m*1m 20cm이다) 한 달 전 혼자 책장을 세로에서 가로로 뉘는 데 성공하고부턴 옮기는 것쯤이야 그보다 별거 아닌 일이 되어버렸다. 이번 이동은 중앙에서 구석으로 몰아붙이기. 원룸 공간 분리용이었던 큰 책장은 벽 장식으로 멋지게 다시 태어났다.

다음은 침대와 식탁을 정돈했고 나머지 작은 가구는 어울릴

만한 위치로 옮겼다. 정돈하고 나니 다시 집이 훤칠하게 보였다. 책장 하나 이동했을 뿐인데 낯선 집으로 재탄생 되었다. 다시 새집으로 이사 온 것 같은 기분. 자정이 지나서야 정리된 집을 뿌듯한 눈으로 쓸어주었다. 따뜻한 물로 말끔히 샤워를 하고 여행 온 기분으로 설레며 잠이 들었다.

계약서에 명시된 이 집의 전용면적은 7평 남짓이다. 7평밖에 되지 않는 공간이지만 나는 이렇게 자주 셀프 리모델링하듯 집 구조를 바꿨다. 무려 반년간 10번이나. 책장을 옮긴 횟수는 4번, 바꿀 때마다 부수적으로 커튼을 떼거나 새로 사고, 작은 가구들을 들이거나 버렸다. 주변인들은 왜 이렇게 구조를 자주 바꾸냐며 나무랐다. 힘들지도 않냐고. 그냥 좀 살으라고.

실은 나도 궁금했다. 왜 이렇게 자주 싫증 날까. 나도 나를 알 수 없는 추측 끝엔 늘 내가 예민해서 그럴 거라는 짐작.

엄마 말에 의하면 나는 뱃속에서부터 예민했다고 한다. 출

산 예정일엔 나오지도 않고 진통만 3일을 하게 했으며 겨우 낳아놨더니 어려서는 식사도 거르는 편식쟁이인데다 잠도 안 자고 울기만 울었다고 한다. 지금의 나는 그때와 별로 달라진 거 없이 예민하다. 타인의 사소한 변화에도 신경을 곤두세우며 뭔가를 시작해도 금방 싫증 내느라 어떤 분야에도 특출난 내공이 없다. 특히 방에 대해서라면… 나는 부모님과 살 때도 취미가 방 구조 바꾸기였을 정도로 싫증이 잦았다. 작은방이라는 제약으로 거의 비슷한 구조로 지냈지만, 그래서 그 싫증이 폭발할 때 즈음 혼자 살기 시작했다.

리모델링의 뜻은 낡고 오래된 아파트나 주택 등을 최신 유행의 구조로 바꾸어 주는 개보수 작업이라고 한다. 그럼 내가 바꾸는 집은 내 마음의 최신 유행의 구조인 건가. 어제의 리모델링은 아늑한 공간을, 덜 아늑하게 쓰고 싶은 마음에서 바꾼 거였으니.

한때는 싫증이 잦은 나를 감당하는 것에 지쳤었다. 집 구조 바꾸기 뿐 아니라 인간관계, 패션, 독서, 일기 쓰기의 유무,

일, 생활 패턴, 선호하는 술, 꿈같은 것에도 뿌려지는 싫증에 이골이 났었다. 나는 내가 가진 유일함을 찾아다녔다. 그것만이 싫증을 막을 수 있는 거라고 생각했었다. 평생 바꾸지 않을 헤어스타일, 평생 차고 다닐 목걸이, 언제 물어도 같은 대답을 할 수 있을 정도로 좋은 인생 책, 3년째 쓰고 있는 향수, 좋아하는 색깔⋯ 사소한 것들 말이다. 나를 나타내는 것. 그런 게 내 전부라고 믿었나. 그게 무슨 의미였든 간에 한번 좋아한 건 변하지 않았으면 좋겠다고 생각했었다.

한 번은 봄은 별로인 계절이라 생각하며 봄밤 산책을 다녀왔는데, 다녀오고 나니 밤에도 걸을 수 있는 봄이 좋아지고 말았다. 함께 걷던 친구 조은영에게 이 사실을 머쓱하게 고백하니 어차피 인생은 취소와 번복의 연속이라고 했다. 조은영은 내가 아는 이 중 취소와 번복을 가장 많이 하는 이였다. 그런 이의 입에서 명언을 말하듯 *인생은*⋯이라는 말로 시작해 **취소와 번복**으로 마무리하는 것이 귀엽고 재치 있어 보였다. 그리고 그런 점이 그녀 자신을 상징하는 그녀의 유일함이라는 생각도 들었다. 싫증에 예민한 마음이 좀 간편해졌다. 나는 굳이 먼 길 돌아가지 않고 쉽게 생각하기로 했다. 내가 결정하는 것이 곧 나의 유일함이 된다.

어차피 나는 거의 모든 걸 즉흥으로 결정하며 살아왔다. 집 구조도, 당장 읽을 책도, 머리카락을 자르는 일도, 여행 일정도, 오늘 마실 술도, 누구를 사랑하는 일도. 별로 치밀한 적 없었다. 그러니 지금부터 내가 할 일은 내 마음속에서 최신 유행하고 있는 게 무엇인지 들여다보는 것.

어젯밤 셀프 리모델링한 7평 원룸에서 자고 일어나 이른 아침부터 청소기를 돌리고 빨래를 했다. 빨래가 돌아가는 동안 밀린 설거지를 했고 설거지를 하는 동안 전기포트에 찬물을 부어 데웠다. 데운 물을 잘게 부서진 커피 원두에 둥글고 조심스럽게 부었다. 파도가 잔잔하게 휩쓸고 왔다 가는 모래사장처럼 원두가 촉촉이 적셔졌다. 머그잔에 미리 얼려둔 얼음을 넣고 그 위에 부지런히 내린 커피를 부었다. 커피를 식히지 않고 바로 부은 탓에 완전히 차갑지는 않아도 내가 노동하여 내린 커피는 보상같이 맛있었다. 커피를 마시며 새로

워진 집 안을 둘러보다 현관문까지 가서 다시 바라본다. 의
식의 흐름 따라 행동한 아침 일과도, 새로워진 집도 아직 흡
족하다. 이내 싫증 나더라도 더는 바꾸지 말자는 다짐은 하
지 않는다.

나만의 양분

우울하면 해를 봐야 한다.

내 첫 직장 사수는 이 말을 달고 살았다. 당시 우울증을 앓고 있는 여자 친구에 대해 이야기만 하면 주문을 외우듯 되뇌었다. 낮에 많이 걸어야 한다는 민간요법을 처방해 준 의사 선생님 이야기도 꼭 덧붙였다. 기록하지 않아도 각인처럼 소환되는 말들이 있다. 우울하면 해를 봐야 한다. 이 말을 떠올릴 때마다 나는 과거를 복기했다.

우울은 예고편이 없다. 나의 16살 일상은 잦은 두통으로 보건실을 들락거리는 것이었다. 보건 선생님이 부모님에게 권유해 큰 병원에서 각종 검사를 받게 되었고 그것이 앓의 시작이었다. 두통은 외관상 원인이 없었다. 심리적인 이유 같다는 의사의 소견에 따라 정신과로 옮겨졌을 때 단단하게 참아온 마음이 나도 모르게 봇물 터지듯 쏟아져 나왔다. 이렇다 할 한 가지 사건보단 작은 것들이 모여 마음의 교집합을 키웠다. 되짚어보면 관계에서 오는 상처를 남들보다 크게 느꼈던 것 같다. 사춘기의 자아는 먼지만큼 작은 것도 하늘만큼 크게 흡수하는 특수한 종족이지 않나. 어려서 대처하는 방법이 미숙했다.

비몽사몽 내가 만든 우울의 우물 안을 유영했다. 그때 내 세계는 회색이었고 행색은 빛줄기를 볼 줄 모르는 우물 안 개구리였다. 가족과 친구들은 우물의 좁은 입구를 둘러싸고 내가 어서 그곳을 빠져나오기를 기다렸다. 한참을 스스로 도달하지 못하자 그들은 온 힘을 다해 두서없이 나의 옷가지를 끄집어 올렸다. 나는 그들이 내어준 그들 자신의 양질의 폐허를 먹고 수면 위로 올라왔다. 이따금 우울이 다시 찾아오면 습관적으로 그들에게 기댔다. 나는 기생충처럼 다시 그들의 폐허를 먹고 손쉽게 우물에서 탈출했다. 습관은 이십 대 중반이 지나갈 때까지 계속되었다.

그 무렵 취직을 했다. 사수의 목소리를 또렷이 기억하는 이유였다. 사회인이 되어서였는지 서툰 책임감 같은 게 자라기 시작했다. 그때 스스로 단단해져야겠다고 생각했다. 식물은 빛을 이용해 양분을 스스로 만들어 곧게 자라는 법을 안다. 그러므로 나도 내가 곧은 길로 갈 수 있게 흡수하고 버려야 하는 것을 분명하게 알고 싶었다. 다시 우울이 찾아왔을 때 다른 사람의 폐허를 먹는 대신 나만의 광합성을 쟁이기 시작했다. 도장 깨기 하듯 기분전환에 좋다고 하는 건 다 했다. 매일 새로운 하루를 시작할 수 있는 나만의 햇빛 구멍을 만들었다. 내게 꼭 맞는 광합성을 찾을 때마다 나는 맑아졌다.

나만의 광합성 목록:

주말 혼자 보는 조조 영화

오전에 쓰는 일기

복잡한 밤, 잡생각을 금기하듯 웃긴 영상 보기

따뜻한 차를 마시는 것

해가 중천일 때 버스에 실려 건너는 한강 다리

평일 낮 커피숍 안 백색 소음

선생님의 구령에 맞춘 심신 안정 요가 코스

과거 여러 번 밑줄 그었던 책을 다시 펼쳐 읽기

초록으로 뒤덮인 숲을 보거나 그사이를 걷기

격식 있는 전시회나 공연

이른 새벽의 달리기

그럼에도 여전히 우울엔 해답이 없다. 양분은 일시적인 것. 간과하면 안 된다. 언제든 회색빛 우물 속에서 유영할 수 있다는 사실을. 이따금 아무도 없는 도시로 도피해 새로 태어나고 싶다는 생각을 하고, 우울하기 위해 작정한 사람처럼 암막 커튼을 치고 마음에 어긋난 일기를 쓴다.

그러나 한 가지 꼭 기억하는 것이 있다면 사소한 우울에도 거만하지 않기로 했다는 것.

나를 밝혀줄 해는 나만 볼 수 있다.
나 자신이 곧은 마음을 먹는 것보다 더 좋은 양분은 없다.

가장 저렴한 상환액

채식에 관심을 가지게 된 건 좋아하는 뮤지션 장기하 덕분이었다. 그의 산문집『상관없는 거 아닌가?』를 읽고 그가 가끔 채식을 즐긴다는 사실을 알게 되었다. 나는 평소 그가 쓰는 가사나 글을 좋아해 왔고 그의 가치관을 동경했다. 그때까지만 해도 **채식**이라는 식습관은 단지 유혹적이기만 했다. 삶이라는 무대에 스쳐 가는 엑스트라 같던 채식 분야에 핀 조명이 잠깐 비친 정도. 그러다 그가 동료 작가라고 소개한 이슬아를 알게 되었다. 알고 보니 그녀는 유명한 비건 지향인. 마인드맵처럼 이슬아 작가의 뉴스레터「일간 이슬아」구독을 시작했고 자연스럽게 그녀와 친구들의 채식 생활을 엿보게 되었다. 또 그녀를 통해 뮤지션 요조도 채식 중이라는 걸 알게 되었고, 산문집 『실패를 사랑하는 직업』에서 그녀가 어떻게 채식을 시작했고 유지하고 있는지 접했다. 알고리즘 같은 채식 독서로 세상에 아주 많은 채식주의자가 있다는 걸 알게되었다. 문외한이었던 내게 그 사실은 경이롭기까지 했다.

부끄러움과 동시에 채식주의자에 대한 존경심이 솟아났다. 일말의 도전 정신도 태어났다. 다수의 채식주의자가 말하는 채식의 이유, 매체에선 오래전부터 다뤄온 육식을 위한 동물 학대. 못 본 척 지나쳐 살아온 이유는 실천 불가능한 현실에서 죄책감만 생길까 두려웠기 때문이었다. 나는 이제야 알게 된 것에 안심하면서도, 불편한 마음도 들었다. 채식에 대한 무지로 동물에 대한 마음의 빚을 외면해왔다는 걸 자각했다.

우리가 살면서 빚지게 되는 많은 것들. 부모님이 주는 사랑, 은행에서 빌려주는 돈, 타인의 넓고 깊은 배려, 자연이 주는 모든 것, 그리고 동물…. 모두 갚으려면 눈 감는 순간까지 끝

없는 노동을 해도 모자랄 것이다. 몰라서, 외면해서 못 갚아온 지난 과거를 돌아보니 지금부터라도 상환해야 한다는 생각이 앞섰다.

 본격적으로 채식 세계에 눈이 트였다. 탄력받은 호기심으로『아무튼, 비건』과『비거닝』을 연이어 읽었다. 그곳엔 나 같은 초보자들이 궁금할 것 같은 내용이 담겨 있었다. 육식의 문제점과 환경 문제, 동물의 고통과 사육 방식, 채식의 종류와 가능성을 섭렵했다. 나는 채식 뽕이라도 맞은 듯 그들이 공유하는 채식 생활의 기쁨과 슬픔을 함께 느끼고, 동물의 아픔에 공감하기까지 이르렀다. 마냥 높게만 느껴진 채식 진입 장벽이 허물어진 기분이었다.

 이제 배운 걸 실천할 차례. 의욕이 하늘을 찔렀다. 독서로 단련한 육식 거부감으로 완벽한 채식주의자가 될 수 있을 것 같았다. 한 달을 목표로 **하루 한 끼 채식 도전**이라는 체크리스트를 만들었다. 좋아하는 순두부와 양배추 쌈, 콩나물과 오이 고추와 같은 조리가 쉬운 식재료로 식사를 꾸렸다. 사

놓고 방치할 수 없는 유통기한 짧은 두부 면을 여러 개 주문해 간단한 조미료를 섞어 끼니를 해결했다. 한 달은 금세 지나갔다. 열세 번의 성공 기록은 훈장처럼 느껴졌다. 마음도 한결 후련해졌다.

　그러나 내 인생에 이미 자리 잡은 요소들은 완전 채식 생활을 방해했다. 나는 혼자 일하는 프리랜서도 아니었고, 그래서 끼니마다 채식을 할 수 있는 환경도 아니었다. 또, 강제성 없는 의식을 지키기엔 귀가 너무 얇았으며, 채식주의자가 아닌 가족과 함께 살고 있기도 했다. 무엇보다 엄마표 제육볶음 양념은 그 어떤 무기력한 상황에도 내 입맛을 돋웠으니, 쉽사리 채식이 진행될 리 없었다.

　이후 나의 채식 생활은 어설프게 흘러갔다. 직장에선 분위기나 환경상 육식의 합리화를 하며 식사했고, 저녁 약속이 있는 날이면 어영부영 넘어가는 식이었다. 약속 없는 저녁이 되어야지만 채식을 할 수 있었다. 그런 알량한 의지는 시간이 지날수록 채식에 대한 열정도 갉아먹었다.

삼십 년간 유지한 식사 습관은 용기만으로 바꿀 수 있는 것이 아니란 걸 알았다. 그런데 불행히도 사육당하는 동물이 받는 고통을 이미 너무 신랄하게 알아버렸다. 무시할 수 없는 무거운 책임감을 짊어질 수밖에. 아무도 독촉하지 않은 마음의 빚이었지만 아무 노력도 안 하고 살기엔 내가 너무 위선자처럼 느껴졌다. 빚의 상환기간을 평생으로 정했다. 다시 채무자의 입장에서 겸손하게 다짐했다.

육식이 찝찝한 육식주의자가 되기로 하자.

얼토당토않은 나의 간헐적 채식 생활은 육식을 할 때마다 내가 먹고 있는 것의 본질을 상기시켜주었다. 그 자체로 자부심을 가질 수 있게 만들었다. 채식 한 끼로 빚을 조금이나마 상환하는 날엔 새로 태어난 듯 기분이 단정해졌다. 완전한 채식주의자들만 누릴 수 있는 상환의 홀가분함을 경솔하게 빌린 셈이었지만 나는 육식주의자의 부끄러움을 자랑스레 여기게 된다. 부끄러울수록 상환에 대한 마음이 샘솟을

것이다. 잊지 말자고 다짐한다. 채식은 나에게 가장 저렴한

상환액임을.

인생도 여행처럼 패키지가 있다면

　패키지여행을 선호하는 사람을 떠올리면 당차고 우수에 차 있는 표정이 생각난다. 여행지에서 할 수 있는 건 다 하겠다는 심심치 않은 호기심. 아침부터 밤까지 하나라도 놓치지 않겠다는 그 꼼꼼한 포부.

　인생을 패키지여행 선호자처럼 대하는 사람을 안다. 학창 시절부터 한동네 살며 미인으로 소문난 고 씨 세 자매 중 둘째 고은정이다. 나는 그를 중학생 때 처음 알았다. 그의 성격은 밝았다. 교내 복도를 걸어 다니며 학년 구분 없이 지나가는 모든 이와 인사할 정도였다. 그런 성격 덕에 그의 주변엔 항상 친구들이 많았다. 그와 처음 인사한 건 다른 친구를 통해서다. *인사해. 여기는 고은정이고 애는 심지연이야.* 고은정의 친화력은 소문대로 엄청났다. 처음 수줍게 인사한 그 주 토요일 하교 후 함께 수원역 앞 떡볶이를 먹으러 갔으니까. 당시 시골 용인에서 도시 수원역까지 놀러 간다는 건 친한 친구 사이라는 걸 의미했다. 좀 소심했던 나는 먼저 다가와 준 그에게 마음을 열게 되었다.

  그는 유독 또래들 사이에서도 미래 걱정을 구체적으로 하는 친구였다. 단순히 *나 커서 뭐 되지.* 수준이 아닌, *고등학생이 되면 이 학원에 다니고, 스무 살 넘어선 해외 어디 어디를 가서 무슨 공부를 할 거고 나중엔 어디 어디에서 살고 싶으니 지금부터 무엇무엇을 하면서 준비해야 해.* 하는 고민…. 누가 앞으로 그렇게 살라고 일정표를 준 것도 아닌데 벌써 먼 미래까지 설계하는 그가 대단하다고 생각했다. 한편으론 나와 다른 그 계획성이 이질적으로 느껴지기도 했다.

나는 예전이나 지금이나 바람의 리듬에 맞춰 춤추는 풀 같은 인생을 사는 사람. 고등학교를 선택하는 것도, 대학 전공을 선택하는 것도, 취업을 하는 일도, 하물며 오늘 산책하러 나갈지 말지에 대한 결정도 춤추듯 흘러가는 대로… 여행을 가더라도 중요한 교통편이나 숙소 정도만 예약해 놓고 기분이 원하는 대로 하루를 산다. 사람을 사귀는 일도 마찬가지다. 미래가 어떻게 흘러갈지 아무도 모른다지만 나는 모든 이에게 친절하지도 않았고, 오랜만에 연락해 오는 동창들을 특별히 반기지도 않았다. 혹여 가깝거나 먼 미래에 결혼이나 이직 같은 굵직한 목표가 있다고 해도 당장 코앞에 일이 아니면 준비는커녕 그런 건 내 인생과 무관하다는 듯 기분에 의지해 사는 편이다.

그런 나는 고은정과 함께하는 날엔 대개 그가 하자고 하는 대로 따라가는 편이다. 그의 말을 들어 안 좋은 일이 일어난 적이 없어서다. 꼼꼼하고 철저한 성향 덕에 그와 함께하면 모든 게 잘 짜여진 일정은 물론 비상사태까지 대비되어 있는 패키지여행처럼 흘러갔다. 처음 간 외국 여행에서 예약 실수로 숙소에서 쫓겨날 비상사태에서도, 식당에서 부당한 대우를 받았을 때도, 수년 전 워킹 홀리데이로 영어 회화가 가능한 그가 나서서 곤란한 상황을 해결해 주었다. 마치 이런 상황을 대비한 듯 비장하게 말이다. 또 어떤 날엔 출장으로 방문한 강원도 춘천에 갑작스러운 꽃샘추위가 기승을 부렸는데 얇은 옷을 입고 온 나와 동료들은 종일 추위에 떨어야 했다. 두꺼운 옷이라도 빌릴 수 있을까 싶어 근처 스키복 렌털숍에 연락을 취했지만 시즌이 아니라 운영하지 않는다는 막막한 답변뿐. 그때 문득 나는 그가 오래전 춘천의 유명 리조트에서 근무했다는 사실을 기억해 냈다. 안심되었다. 기억만으로도 나는 무사히 해결될 거라고 예감했다. 역시나 영업 중지한 렌털숍의 대표와도 친분을 유지하고 있던 고은정 덕에 시세보다 저렴한 값에 두꺼운 외투를 대여할 수 있었다. 나는 그 덕에 감기도 안 걸리고 동료들의 환호도 받았다.

해결사. 친구들 사이에 그는 해결사로 떠올랐다. 어디 친구들 뿐이랴. 가족, 연인, 직장에서도 이미 그는 해결사로 통했다. 게다가 좋은 건 모두와 나누기까지 했다. 눈에 좋은 약,

붓기에 좋은 차, 갖가지 세일 정보, 집값 시세나 좋은 신문 칼럼, 동해 바다 근처 맛집, 무료 공연 티켓, 웃음, 마음, 따듯한 말, 시간…. 대책 없고 즉흥적인 나로선 보기만 해도 피곤한 에너지의 근원이 대체 어디서 나오는지 모를 일이다. 그러나 어떤 태도로 살아야 할지는 조금 알 것도 같았다. 부지런한 기질만 있어서 될 일은 아니었다. 당차고 우수에 차 있는 표정, 누구와도 언제든 대화할 준비가 되어있는 순수한 호기심, 정의로울 수 있는 용기와 무엇이든 피가 되고 살이 될지 모를 패키지여행자의 건강한 태도. 훌륭한 일정표를 가진 유능한 가이드의 자세.

그는 지금도 미래를 위해 일정을 꾸린다. 내일 집에 놀러 올 손님을 대접할 특별한 메뉴, 자취하는 막냇동생에게 챙겨줄 반찬, 세 달 뒤 떠날 제부도 여행의 구체적인 일정, 반년 뒤 자신의 결혼식에서 챙겨야 할 부모님 동선, 수년 뒤 자녀 계획, 연말에 주어지는 긴 휴가를 함께할 친구 모집….

아아. 나는 도저히 은정처럼 모든 걸 나누고 계획하며 살 자신은 없다. 그런데 만약 인생에도 여행처럼 패키지가 있다면 잽싸게 그의 패키지에 탑승하리라. 순서 없이 제멋대로 흘러가는 내 인생에 유일한 순서는 이미 마감되었을 그의 인생 패키지에 무임승차라도 하는 것. 어떻게든 다시 태어나 그의 동반자가 되는 것.

7,900원짜리 키트, 750ml의 스위트 레드 와인,
설탕 한 움큼, 숨 막히는 계피 향

훈아. 어제 뱅쇼를 만들었어. 얼마 전부터 참여하고 있는 글쓰기 모임이 있는데 한 번도 해보지 않았던 일을 하고 글을 쓰기로 했거든. 곰곰이 생각하다 문득 뱅쇼를 한 번도 제대로 만들거나 마셔보지 않았던 게 생각났어. 왜 하필 뱅쇼냐고. 참, 훈아. 내가 너 좋아했었다고 말했던가.

귀에선 무선 이어폰이 곧 방전될 거라는 알림이 울렸다. 나는 편지를 쓰다 말고 시간을 확인하기 위해 휴대폰 잠금 화면을 켰다. 마이큐의 「ecru」와 11시 27분, 아니 28분. 귀에

꽂고 있던 무선 이어폰을 충전 케이스에 넣고 유선 이어폰을 찾아 귀에 꽂았다.

너라면 같은 곳을

볼 수 있을 것 같아서

만나서

추운 날에 뱅쇼 어때요

후우우우우

마이큐 「ecru」 中

훈아. 그날 새벽 구봉산 전망대에서 네가 자주 듣는다며 들려준 그 음악 말야. '추운 날에 뱅쇼 어때요.' 부슬부슬 내리던 빗소리와 흥얼거리던 네 목소리, 난 그 은근한 분위기를 잊기 싫어서 집으로 돌아와서도 별로 취향도 아닌 그 음악을 내내 들었어. 그래. 그 뱅쇼. 나는 뱅쇼가 무언지도 모르면서 사람들을 만날 때마다 뱅쇼가 마시고 싶다고 말하고 다녔지. 이름도 어쩜 뱅쇼야. 낭만에 빠지고 싶게. 네가 들었다면 내게 되려 묻겠지. 이미 모든 단어에 정도 이상으로 의미를 부여하고 낭만에 취하는 사람이지 않냐고.

오랜만에 손글씨를 쓰려니 꾹꾹 눌러쓰게 되어 손가락 마디가 저려왔다. 나는 잠시 자세를 고쳐 앉고 뱅쇼용으로 만들고 남은 스위트 레드와인을 홀짝였다.

네가 좋아하는 곡이라길래, 나는 너를 좋아하니까. 그래서 뱅쇼 첫맛은 꼭 너와 알고 싶었어. 훈아, 한 번쯤 좋아한다고 말해볼걸. 그럼 우리 관계가 조금 달라졌을까? 실은 그날 새벽, 네게 그 말이 하고 싶어 입술만 옴짝달싹했어. 네 속이야 내가 알 길이 없겠지만 나는 우리가 서로 신호를 보내는 게 아닐까 잠시 생각했었어. 근데 내내 고민한 게 무색할 만큼 내가 그대로 잠들어 버리는 바람에 눈 떠보니 집 앞이었잖아. 넌 오히려 다행이라고 생각하려나? 훈아. 밖엔 가을비가 내리고 있어. 뉴스에선 비가 그치면 진짜 겨울이 올 거래. 그대로 춘천에서 지내? 이따금 경상도에서 자란 네가 춘천을 춘베리아라고 했던 게 생각나 혼자 웃곤 해.

시계는 벌써 자정을 지나 새벽 1시를 향하고 있었다. 나는 유선 이어폰을 귀에서 빼고 적당히 충전된 무선 이어폰을 다시 귀에 꽂았다. 졸음이 밀려오기 시작했다. 음악을 이어 재생했다.

나는 네 생각이 나서

네 생각이 나서

나는 네 생각에

네 생각에

마이큐 「ecru」 中

어제 오랜만에 퇴근길이 설레었어. 첫 뱅쇼를 만들어볼 참이었으니까. 집에 도착하자마자 키트를 뜯고 냄비 안에 와인을 콸콸 부었어. 보랏빛 물에 알록달록 말린 과일, 보글보글 귀여운 모양, 팔팔 끓이는 바람에 양이 확 줄었지만, 좋아하는 고블릿 잔에 담긴 따뜻한 뱅쇼. 잔을 비울 때마다 맛이 달라지는 것도 신기해. 상상했던 은은한 계피 향과 어우러진 묵직하고 달달한 와인 맛은 아니지만 싱그러운 첫맛, 감칠맛

도는 끝맛은 또 처음인 것 같아. 뱅쇼도 만드는 사람마다 맛과 방식이 천차만별인 핸드드립 커피 같은 걸까? 훈아. 나 실은 계피 향 싫어하는데 은근한 맛이 괜찮네. 네가 있다면 아마 난 툴툴거리고, 호들갑이었겠지. 뭐든 수긍하는 넌 맛있는데? 하곤 수줍게 더 마시자고 할 것 같다.

데워진 방이 조금 후텁지근하게 느껴졌다. 거실로 나가 창문을 여니 빗소리가 더욱 크고 가깝게 들렸다. 나는 텁텁해진 입안을 헹구려 양치하면서 뱅쇼 키트를 두 개 더 주문했다.

훈아. 서양 어디에선 감기 걸린 아이에게도 뱅쇼를 준대. 신기하지. 서양의 쌍화탕이라나 봐. 조금 덜 낭만적이지만 한 솥에서 여러 맛을 내는 뱅쇼가 각각의 다른 잔에 담기는 과정을 상상하니 같은 온기를 나누는 기분이 들 것 같기도 해. 내 맘도 덩달아 따뜻해지고.

마무리 문장을 쓰려고 하자 뭉툭해진 연필 끝이 종이에 미끄러지며 부러졌다. 고요한 새벽, 서걱서걱 연필을 깎고 뾰족해진 연필 끝이 혹여 부러질까, 전만큼 힘주어 쓰지 않고 조심조심.

훈아. 널 많이 좋아했어. 너에게 들킬까 부끄러운 마음에 내내 네 뒷모습만 바라보던 순간 속에 혹여 내 뒷모습을 바라보던 너도 있었을까. 넌 내게 언제부터였냐고 물어보겠지. 글세. 나는 네가 언젠가 내게 어린애 같은 표정을 지어 보였을 때 네 이름이 박 훈인 것마저 사랑하고 싶었는걸.

훈아. 이제 춘천에 가더라도 전화하지 않으려구. 아주 오랜 뒤에 내가 너의 안부 같은 것도 궁금해하지 않게 되면, 그때서야 이 글을 너에게 전할 수 있을 것 같아. 언제가 되었든, 그때까지 잘 지내.

더는 계피 향 같은 낭만은 없지만

추억을, 이라는 말로 시작하는 글이 있다. 나만 기억하는 어떤 이의 낡아 사라진 글. 나는 그 글을 전부 외웠었다. 아니, 그냥 많이 읽다 보니 외우게 되었다. 지금은 추억을, 세 글자만 남기고 전부 잊어버렸다.

나는 나를 넓기보단 얕은 사람인 줄로만 생각해왔다. 깊음은 꿈꿔보기만 한 숭배의 먼 곳. 그렇기에 한없이 깊다고 말해주는 사람에게는 조금 용감해져도 되지 않았을까. 내게 뱅쇼를 알려준 사람이었다.

그는 우리가 닮았다고 했다. 수년간 꽃이 돋아날 틈 없는 계절에도 꽃내음이 풍겼고 간드러진 마음, 꽃의 체취는 그가 있는 위를 향해 뻗었다. tete의 「romantico」를 얼마나 닳도록 들었는지 모르지. 나만 기억하는 낡아 사라진 새벽. 나만 아는 대상이 몰라주길 바라며 투덜댔다.

선망하고 싶은 마음은 연못을 바다로 만들었다. 기어코 술을 마시고 대범해지기도 했었다. 그가 쓴 시 같은 말을 종일 입으로 굴렸다. 그의 말처럼 휩쓸리고 싶었다. 대범하게 휩쓸리고 싶었다. 그러나 할 수 있는 건 이처럼 느끼한 글을 한 움큼 적고 단순해지는 것. 말끔해지는 것. 심연을 빠져나오는 것.

그제야 알겠다. 우리는 닮았다. 시 한 편 선물할 수 있는 마음을 꼭 닮았다. 물고기를 키우던 사람으로부터 고동이 울렸다. 이제 내가 고동을 울리고 그에게서 멀어질 차례. 바닥에 쓸려 남겨지는 흔적은 곧 사라질 겨울.

추억을, 이라는 말로 시작하는 글은 잊었다. 그리하여 추억을, 이라는 말로 시작하는 글을 썼다. 뱅쇼를 나누어 마시고 싶던 사람은 고동을 울리고 다른 세계로 떠났다.

츤데레라는 변명 없는 오만함

나는 부끄러움이 부끄러웠다. 사랑을 너무 커다랗게 생각했나. 그저 좋은 핑계였는지도 모른다. 나는 말랑거리는 마음 앞에선 무뚝뚝해지는 경향이 있었다. 기능 오류처럼. 연애 중에도 마음을 더 많이 표현하는 건 약자라고, 촌스럽다는 알량함으로 보기도 했다. 그 시절의 난 얕은 깊이를 가진 사람이라고 조롱당해도 마땅했다. 나는 나에게 나만 듣기 좋은 츤데레라는 별명을 갖다 붙였다. 사랑을 주고받는 일에 소질 없다는 걸 자랑으로 여겼었던 것 같다. 변명 없는 오만한 생각.

꽤 최근까지는 하고 있는 것, 해야 하는 것, 하고 싶은 것, 아니 그냥 모든 걸 실수 없이 잘 해내야만 하는 줄 알았다. 그런 게 곧 최고라고. 그런데 꼭 최고만 좋은 것이 아닌데. 왜 아무도 알려주지 않았을까. 아마 흘려들었겠지. 그렇다고 딱히 최고가 된 적도 없다. *저 사람처럼 되고 싶다. 기특하고 싶다. 원래 잘했던 사람처럼 처음부터 잘하고 싶어. 그렇게 보이고 싶어. 티 나는 건 결코 멋진 게 아니다. 도사처럼 굴어.* 그런 건 허세나 생색 따위인 줄 알면서, 나는 가벼운 사람처럼 굴다 실제로 수차례 가벼워졌다. 그런 삶이 멋진 거라고 착각했다. 부끄러움이 부끄러워서. 부끄러움이 없는 사람 흉내를 열심히 냈다.

줄곧 혼자 해오던 생각. 한 사람을 구성하는 건 수백 수천 개의 크고 작은 조각들이라는 것. 내게 내포된 수천 개의 조각, 내 안에서 생성되거나 타인이 조금씩 옮기기도, 내가 타인에게서 가져오기도 하는 것. 나는 늘 더 나은 내가 되고 싶다고 말하고 다녔다. *저는 어떤 사람이 되나요,* 점쟁이의 답장. 원칙 때문에 자유롭지 못할 사람. 그런데 내게 가벼운 것이 원칙이라고 가르쳐 준 사람은 없었지. 대상 없는 배신감을 느꼈다. 다른 이들이 온 힘을 다해 부력을 밀고 아래로 전진하고 있을 때에도 나는 성실하게 가벼워지고 있었다. 가만히 앉아 그들이 나와 같지 않음을 질투했다. 자기혐오를 동반하면서 추호도 내 잘못은 없는 듯 굴었다.

그래서 나는 동경하는 대상들을 샅샅이 쪼개어 보기 시작했다. 특히 그들이 쓰는 글과 좋아하는 작가, 읽는 책, 금기하는 것, 패키지여행을 좋아하는지, 자유여행을 즐기는지, 어떤 향을 선호하는지, 수영을 할 수 있는지, 소수의 모임과 다수의 모임 중 어떤 쪽을 더 가고 싶은지, 술을 좋아하는지, 아예 마시지도 않는지, 매일 일기를 쓰는지, 사치스러운지… 살피다 보면 곧 알게 되는 것. 그들은 언제나 사랑을 배웠고 성의로 보답하는 것을 의심하지 않았다. 사랑을 사랑으로 응대했다. 부끄러움을 부끄러워하지 않았다.

청렴결백하게 모방하고 싶었다. 나는 그들을 따라 흐트러졌다. 더 이상 가만히 앉아 평정심을 뚝심 있게 지키지 않았다. 사랑 표현에 능한 엄마처럼 굴고 싶어졌다. 좋아하는 빵을 우편함에 두고 가는 아빠처럼 뭉클한 사람이 되고 싶어졌다. 그것은 내가 원하는 내가 되는 지름길이었다.

부끄러움으로부터 자유롭기. 상대가 바라는 일을 내키지 않아도 들어주기, 우정을 담아 몰래 집으로 책과 편지 보내기, 보고 싶어 하던 공연 예매해 주기, 함께 간 여행에서 찍은 영상으로 우리만의 비디오 만들어주기, 말도 안 되는 상황에서 편들어주기, 먼 길 찾아가 주기, 하루쯤 피곤 따위 무릅쓰고 함께해 주기, 미련해도 좋다고 생각하기, 꾸며 말하지 않기, 수신인에게 답을 재촉하지 않기…. 표현의 곳간엔 조금씩 내공이 두터워졌다. 겪어보지 않고는 몰랐을 것이다. 나 자신에게 확신이 생길수록 타인에게 유연해질 수 있다는 사실.

지난해 사랑하는 친구 생일에 보낸 편지를 나는 아마 당사자보다 더 많이 읽었을 거다. 주는 사랑의 기쁨이 겹겹이 쌓인 곳간에서 나는 부끄러움은 시작할 사랑의 예고라는 걸 알아냈으니. 열심히 사랑하는 법을 배우고, 성실히 내가 되는 것. 그것은 내게 있어 최고가 되는 것보다 더 진지한 일이다.

엄마 김밥의 비밀

우리 엄마 김밥이 세상에서 가장 맛있다는 말은 영원히 자랑하고 싶은 아이 같은 마음.

혼자 살기 시작하고, 혼자 삼시 세끼를 차려(시켜)먹고, 일인분의 빨래를 하고, 스스로 쓰레기를 버리고, 청소를 하게 되었다. 부모님과 오 분 거리에 살고 있지만 엄마는 여전히 내 끼니를 걱정한다. 밥을 먹었냐는 질문에 혹여 아니라고 답하면 세상이 무너지는 줄 알고 당장이라도 된장국을 데워 무거운 냄비를 들고 집으로 가져다줄 것이다.

혼자 살면서 더 많은 글을 쓰게 되었다. 가족이라는 공동체 생활에서 벗어나 오롯이 나만의 공간에서 나만이 쓰는 시간이 생기니 집중력이 올라갔다. 하지만 그것도 잠시였다. 집중력은 점차 흐려지고 점점 딴짓이 늘어갔다. 그러면서 이상한 습관이 생겼다. 흐트러지는 집중을 잡고 싶으면 괜히 김밥을 말았다. 하고자 하는 것과 상관없는 전혀 다른 것을 하면 다시 원래 해야 하는 일로 더 쉽고 빠르게 돌아갈 수 있을 거라는 나만의 믿음. 하필 김밥인 건 나도 모를 일이다. 아무튼 그런 날엔 김밥을 말았다.

냉장고를 뒤적거려 재료를 꺼낸다. 즉석밥을 데우고 엄마처럼 소금과 참기름을 뿌려 섞는다. 프라이팬에 달걀을 풀고 달걀이 익는 동안 도마 위에 오이를 올려 자른다. 스팸이나 참치캔, 버섯, 상추 같은 재료가 추가되기도 한다. 레시피는 없다. 그날 냉장고에 무엇이 있느냐에 차이다. 그런데 나름 맛있는 재료로 만드는데도 김밥은 거의 매번 맛이 없다. 터지거나 너무 얇거나 싱겁다. 김밥 말기에 실패할 때마다 엄마 생각을 한다. 어쩜 크기도 재료도 한입에 쏙 들어갈 적당한 김밥을 그렇게도 맛있게 싸는 건지. 그럼에도 엄마에게 전화해 레시피 같은 건 묻지 않는다. 어차피 김밥이 맛있든 말든 김밥을 마는 건 김밥과 전혀 다른 걸 하기 위한 의식이니까. 그렇게 김밥을 말다 보면 어느새 내게 주어진 재료로 무얼 써야 할지 알게 되는 순간이 분명히 온다. 어쨌든 내 김밥은 맛이 없고 엄마 김밥은 맛있다.

엄마는 식구들이 언제라도 먹을 수 있게 큰 접시에 김밥 탑을 쌓아 식탁에 두곤 했다. 나는 망한 김밥을 버릴 순 없으니 얌전히 잘라 접시에 옮겨둔다. 청소를 하고 누워서 낮잠을 자고 책을 읽고 일기라도 조금 쓰다 보면 허기져 뭐라도 주워 먹고 싶어진다. 마음도 괜히 헛헛한 것 같이 느껴지면 접시에 옮겨 둔 김밥을 와앙 집어먹는다. 망한 김밥이라도 김밥만 한 것이 또 없다는 생각을 한다.

오늘도 그런 망한 김밥을 맛있게 먹다 기분이 좋아져 더 자두 「김밥」을 흥얼거렸다.

날 안아줘 날 안아줘

옆구리 터져 버린 저 김밥처럼

내 가슴 터질 때까지

더 자두 「김밥」 中

아, 엄마 김밥의 비밀을 알겠다. 엄마는 누군가의 가슴을 터
지게 할 요량으로 작정하고 만든 거였다. 망한 내 김밥이 맛
있게 느껴지는 건 맛(미각)이 있어서가 아닌 맛(제격으로 느껴지
는 만족스러운 기분)으로 먹었기 때문. 마음으로 먹는 김밥은 과
거를 되새김질해 마음에 온기를 붓는다. 마음 놓고 비빌 수
있는 밑천이 된다. 엄마 김밥은 늘 내 무기가 된다.

하필 김밥을 만 건 엄마 때문이다. 그 따뜻한 마음을 먹고
충전하고 싶었던 거다. 엄마 김밥을 한입에 와앙 먹으면 입
안 가득 풍기는 엄마 손때 탄 부엌 냄새, 큰 접시에 가득 쌓
인 김밥들. 언제든 얼마든지 무한대로 먹을 수 있을 것 같
은 사랑을 떠올릴 수 있기 때문이었다. 엄마 김밥을 먹은 날
에는 계속해서 이걸 먹을 수만 있다면 인생이 어떻게 흘러

가도 상관없다는 생각을 한다. 그런 마음으로 내일도 모레도 마음이 헛헛해 어디에나 기대고 싶은 날엔 언제든 김밥을 말 것이다.

짜증나라는 말의 진짜 의미

　출간을 계약하고 글쓰기에 집중하기 위해 5일간 제주 여행을 계획했다. 평범한 직장인의 글쓰기 생활은 쳇바퀴 굴리듯 반복적으로 흘러가는 평일 저녁의 틈과 마음만 급급해 붕 떠 있는 주말로 이루어진다. 어느 집중력 천재는 직장과 글쓰기 생활을 완전히 분리하는 데 성공할 것이다. 나는 천재 쪽은 아니었다. 분리에 실패했다. 마음이 더 다급했다. 여름이 온다는 건 마감일이 다가오고 있다는 것. 더워지는 건 밖인데 열기는 마음에서 더 분주했다.

그래서 당시 나는 누구를 만나고 어디를 가더라도 온통 글쓰기 생각뿐이었다. 글쓰기 외에 다른 건 집중하기 어려웠고 까칠한 마음이 표출되어 유난스럽게 비칠까 봐 타인과의 대화나 만남도 자제했다.

예민한 나머지 도저히 쓸 마음을 소진해버린 주말엔 집에 사람을 초대해 내일이 없는 것처럼 술을 마셨다. 즉흥으로 친구 손보경을 초대한 토요일 대낮, 잘 차려진 배달 음식 한 상에 마신 소주로 얼큰해질 무렵이었다. 곧 제주에 갈 거라는 내 말에 약간 취한 손보경은 호스트(나)의 확실한 동의도 없이 덜컥 두 밤 짜리 비행기 티켓을 결제했다. 맨정신이었다면 **글쓰기**라는 분명한 목적이 있는 여행이었으니 제주에 간다는 말도 안 꺼냈겠지만 나도 약간 취한 상태라 마음대로 하라고 했던 것이다. 걱정도 되었지만 내심 손보경과 단둘이 처음 떠나게 될 여행이 기다려지기도 했다.

여행 당일. 아침부터 부지런히 이동해 함덕 해수욕장 앞에 위치한 호텔에 도착했다. 2일 뒤 도착할 손보경을 뒤로하고 혼자 걷고, 쓰고, 읽었다. 그 시간이 유익했는지는 이 원고 뭉치가 2022년 안에 무사히 출간하는 것으로 증명되겠지. 셋째 날 오후 2시가 조금 넘은 시간, 나보다 20cm는 족히 큰 장신의 손보경이 캐리어를 질질 끌고 호텔 방 초인종을 눌렀다.

나는 2일간 묵언수행 하듯 조용히 지냈기에 더 반가운 손보경에게 물 한 잔을 건네고 나가자고 재촉했다. 몇 달 전 우리 집에서처럼 오후 세 시부터 소주를 마셨다. 알딸딸해질 정도로만 목을 축이곤 근처 서점을 구경했다. 제법 진지한 표정의 보경을 보니 언젠가 친구나 연인과 함께 서점에 간다면 하고 싶었던 것, 책 선물하기를 제안하고 싶어졌다.

여기서 책 골라 서로한테 선물할까?

고심 끝에 고른 책은 술쟁이 손보경에게 어울리는 김혼비 『아무튼, 술』. 손보경이 고른 책은 공지영『그럼에도 불구하고』라는 산문. 우리 집에 와서 내 책장을 얼마나 유심히도 들여다봤으면 귀신같이 없는 책을 잘도 찾았다. 우리는 서로에게 선물 받은 책 제목이 마음에 들어 괜히 뭐냐며 너 짜증 난다고, 깔깔 웃었다. 뙤약볕에 2만보를 걸었고 바다 위로 해가 저무는 것도 봤다. 장소를 옮겨 다니며 주종을 교체했다. 그러다 보니 새벽 2시가 되었고 만취가 된 내가 아무도 없는 바다 앞에 앉아 노래방처럼 노래를 부르자 손보경은 취한 동네 아저씨 같다고 치를 떨었다. 나는 그의 떠밀림에 강제로 숙소에 들어가 숙면을 취했다.

  2박 3일의 짧은 여행이었지만 우리는 서로에게 짜증 난다는 말을 몇 번이나 했는지 모르겠다. 까만 돌 위에 쭈그려 앉아 돌 위에 붙어있는 생물을 신기해하는 그기 순수해 짜증 났고, 새벽 2시에 먹은 라면으로 속이 뒤집혀 밤새 고생한 그가 황당해 짜증 났다. 그녀는 숙취로 커피숍에서 낮잠 자는 내게 짜증 난다고 했고 굳이 제주도까지 와서 즉흥으로 결정한 타이 마사지를 받으면서 코를 골아 짜증 난다고 했다. 나는 노곤노곤한 걸 어떡하냐고 너스레를 떨었고 그는 내 그런 모습에 고개를 절레절레 저었다. 공항 근처로 숙소를 옮겨 배달 앱을 켜는 우리가 짜증 났고 배달 온 떡볶이와 김밥

을 양껏 먹고 낮잠 잔 서로에게 이렇게 단순한 게 행복이라
또 짜증 난다고 했다.

　미리 계획한 일정이라곤 없는 이 여행의 유일한 일정은 탑
동에 위치한 이자카야에서 술을 마시는 것. 2년 전 겨울에 처
음 온 공간, 술을 부르는 요리와 분위기, 뭐 하나 빠지지 않아
반했다. 그동안 제주에 가는 그 누구에게나 추천한 이곳을
다시 온 게 너무 좋아 나는 이자카야 이름이 새겨진 젓가락
포장지를 가방에 넣었다. 일기장에 붙일 거라는 내게 손보경
은 어처구니없어하곤 자신의 일기장을 자랑했다. 장신의 어
딘가 터프한 목소리를 가진 그녀라 취향도 시크할 거라고 생
각했지만 그녀가 자랑한 일기장은 그 어떤 일기장보다 귀여
워 또 짜증 났다. 그는 내게 다중인격 같다고 나무랐다. 나는
괴상한 표정을 지으며 그를 또 짜증 나게 만들었고 이후로도
비슷한 대화를 이어가며 여행을 마무리했다.

　이른 아침 비행기로 손보경을 먼저 보내고 침대에 누워 후
루룩 지나간 둘만의 여행을 곱씹었다. 예민한 마음 한 가닥

새어 나갈까 걱정했던 동행이었다. 그럼에도 내내 유쾌했던 건 혼자만의 여행에 멋대로 동참해 불편한 기색 없이 대해 준 손보경 덕이었다. 나는 이미 육지에 도착했을 그에게 느끼한 말로 고마움을 전했다. 동시에 손보경으로부터 고마운 인사 문자가 수신되었다. 본인이 남들과 편하게 지낼 수 있는 건 남들이 본인을 좀 더 배려해 주기 때문인 것 같다고 했다. 서로에게 느끼함을 장전한 우리는 또 짜증 났다. 실은 우리 사이에 짜증 난다는 말은 하나도 짜증 나지 않다는 의미와 같다는 걸 아니까. 서로가 **진짜로** 짜증 나는 사이가 될지도 모른다는 불안감 같은 건 생각하기 귀찮다는 듯, 비슷하고 또 다른 우리가 이렇게 서로를 짜증 내 하는 시간이 쌓여 세월을 이어 나갈 것이다. 먼 세월 후에 우리가 서로를 짜증 내 하지 않으면 좀 서운할 것 같다고 생각하며 언제든 애정을 담아 짜증 낼 것이다.

한여름 독서 모임에서 받은 크리스마스 선물

후텁지근한 날씨가 이어지던 스물여덟 여름의 일이다. 코로나바이러스가 유행하기도 전이다. 생활 반경은 사무실과 집 밖에 없었다. 무료한 일상엔 새로움이 필요했다. 당시 함께 일하던 업체 담당자에게 조언을 구했다. 그가 추천한 건 독서 모임이었다. 망설였다. 나는 토론이나 웅변을 가장 싫어할 정도로 남들 앞에서 말하는 게 무서운 애였다. 내 의견을 말하면 나를 싫어할 거란 소심함 때문이었다. 그럼에도 무료함을 이겨내는 것이 절실했기에 우선 하루만 도전해 보기로 했다.

모임 당일이 되었다. 퇴근 후 회사를 빠져나오자 긴장이 밀려왔다. 준비물이라고 안내받은 소개할 책 한 권을 들고 모임이 진행될 커피숍으로 향했다. 모임은 나를 포함한 6명이 하나의 그룹이 되어 3시간 동안 진행하는 형식이었다. 그날 나와 함께 할 조원들은 모두 성별, 나이, 직업이 제각각이었다. 범생이 포스의 개발자, 단발머리 대학생, 자신을 딸 바보라고 소개한 마케터, 시를 좋아하는 문예 창작과 휴학생, 똑 부러지는 커리어 우먼, 경직되어 어색하게 먼 곳만 쳐다보던 뭔가 찌질거리던 나.

나는 시작도 전에 모임에 나온 걸 후회했다. 소개팅이나 친구를 사귀는 자리가 아님에도 나와 결이 맞을 것 같지 않은 사람들과 시간을 보내야 한다는 점이 벌써 불편했다. 그들이 소개하려고 테이블에 올려놓은 책은 내게 생소했다. 유익하지 않을 거란 거만한 판단을 했다. 핑계를 대고 일어서기도 전에 모임은 이미 진행되었다. 한 사람씩 돌아가며 줄거리와 낭독, 책에 대해 하고 싶은 말을 하기로 했다. 질문과 대답이 오가며 자유로운 토론 분위기가 형성되었다.

3시간은 금방 지나갔다. 어느새 저녁을 거른 것도 잊고 몰입해 있었다. 부끄러웠다. 나는 모두를 알량한 편견으로 오해했었다. 따분할 것 같던 개발자의 말솜씨에 유쾌한 분위기가 형성되었고 휴학생이 소개한 시집은 구매로 이어졌다. 모두의 독서 깊이에 자극도 받았다. 가치관과 취향을 다른 사람들 앞에서 나누는 광경은 낯설지만 멋있게 보였다. 어버버하는 내게 채근하는 사람도 없었다. 이질적인 사람은 나 하나였다. 그 여름날 미리 크리스마스 선물이라도 받은 것 같은 들뜬 기분으로 귀가했다.

이후 사소한 편견이라도 가질 때면 독서 모임을 떠올렸다. 편견을 의심하기 시작했다. 그때까지 내게 편견은 인생의 빅데이터였다. 편견은 편견일 뿐이라는 인정이 쉽지 않았다. 환경이나 사회의 탓으로 돌릴 때도 있었다. 그러니 당연히 개운하지도 않았다. 내면 책임 회피는 한계가 있었다. 더 뒤틀리기 전에 되돌려 놔야겠다고 결심했다.

그러는 동안 새해가 밝았다. 일기장 첫 페이지는 새해 다짐으로 채울 생각이었다. 첫 번째 다짐으로 **편견 버리기**라고 적었다. 우연히 참여한 독서 모임은 새로운 세계를 볼 수 있게 만들어 주었다. 그때 알았던 기쁨을 잊지 말자고, 편견을 버리는 일이야말로 내가 원했던 새로움이라는 걸 확신했다.

어쩌다 이 이야기를 심리학을 배우는 사람에게 말했다. 그는 심리학자 칼 로저스가 주장하는 「무조건적인 긍정적 존중」이라는 사고와 비슷하다며 긍정, 부정, 과거와 상관없이 있는 그대로를 수용하는 자세라고 말을 이어갔다. 나는 그 사고를 동경하기 시작했다.

수용하는 자세를 우선할 것
생각을 확신하기 전 한 번 더 점검할 것
내 의견과 다르면 '그럴 수도 있지'라고 생각할 것
편견의 기운이 스멀스멀 올라오면 목적만을 또렷이 기억
할 것!

변하고 싶은 마음은 사람을 강하게 했다. 나는 그 새로움으로부터 활력을 얻었다. 독서 편식이 줄었고 내 세계가 넓어지는 기분에 취하기도 했다. 일종의 방어장치라고 여긴 나의 편견 덩어리의 알을 깼다. 오래 눈 감고 있었던 사람처럼 눈이 부셨다. 확장된 세계가 실감 났다. 이제 내 세계에선 무료함이란 없다. 한 보, 한 보 씩씩하게 나아갈 긍정의 용기만 있을 뿐이다.

잡아 모으는 좋음

동료가 주말에 전주 여행을 간다기에 평소 가보고 싶어 즐겨찾기 해놓았던 커피숍을 추천했다. 여행을 다녀온 그는 추천한 커피숍을 남편이 너무 좋아했다며 고마움의 표시로 선물을 내밀었다. 되려 빚진 기분. 게다가 선물이 마음에 쏙 들어 기분이 배로 좋아졌다.

선물 받은 노트 한 권과 볼펜 한 자루에는 단정한 폰트로 각각 **좋음 채집, 관찰하고 기록하는 사람들**이라고 쓰여 있었다. 말이 멋져 받자마자 잘 보이는 곳에 전시라도 하고 싶을 정도였다. 그래도 전시만 하기엔 쓰라고 만든 용도일 테니 아까워 어떻게 더 잘 활용할지 고민하다 진짜로 **관찰하고 채집한 좋음**을 **기록하기**로 했다.

채집이란 널리 찾아서 얻거나 캐거나 잡아 모으는 일이라는 뜻이다. 일상에 소소한 **좋음**을 찾아 순간을 **잡아** 모으자는 포부로 노트와 펜의 자리는 집에서 가장 눈에 띄는 식탁 위로 선정했다. 행위 하나에 의미를 부여하니 작은 노트와 펜이 꽤 위엄 있어 보였다.

매일 비슷한 하루를 사는 직장인에게 채집할 정도로 좋은 것들이 있으면 얼마나 있다고, 별 기대 없이 시작한 채집은 의외로 3일 만에 많은 걸 기록하게 했다.

노트를 선물한 사람의 선량한 마음
오이에 고추장을 곁들인 야식
면세에서 구입한 '르라보' 립밤
아로마 향을 귀 뒤에 바르고 침대에 눕는 것

막힌 세면대를 뚫어 물이 시원하게 내려감

마스크팩을 붙이고 시원한 물 한 잔을 마시는 20분

아직 식물이 살아있음

주말 이른 아침 빨래

스스로 차리는 채식

비행기 모드

사소하다 못해 남들이 보면 뭐 이런 걸 다 기록하나 싶을 정도로 하찮을 항목도 있을 테지만 이 기록은 일기와는 또 다른 매력이 있는 것 같다. 대단한 것이 적혀져 있어야 한다는 부담감이 온 마음을 점령하기도 전에 즉시 펜을 들고 떠오르는 대로 휙휙 써버리니 그 단순한 좋음으로부터 새로운 나를 발견하기도 했다.

그래서 또 얼른 잡아 적었다.

좋음을 채집하는 이 순간. 노트에 적고 싶은 이 마음.

사랑할 자격

4월의 저녁은 산뜻한 바람이 헤프게 살랑거렸다. 그런 저녁엔 종종 진혜 언니와 커피도 팔고 술도 파는 **W바** 2층 구석에 앉아 깔루아 밀크를 마시곤 했다. 그날도 나는 언니와 2층 구석에 앉아 봄기운과 칵테일에 취해 있었다. 두 번째 잔으로 마티니를 주문했고 잠시 통화하고 오겠다던 언니는 금세 돌아와 대학 동기를 불러도 되겠냐고 물었다. 언니의 지인이라면 누구든 호감이었던 나는 바로 그러자고 답했다.

당시 내 연애 이력은 짧은 머리의 수영 강사, 매일 운동복 차림의 유도 학과생 같은 체육인으로 구성되어 있었다. 그야말로 사내 그 자체인 과거 연인들. 그로 인해 내 인생엔 드라마에 등장하는 부드러운 분위기를 가진 연인은 없을 거라는 생각에 새로운 연인에 대한 기대감도 없었다.

그러므로 W바의 문을 열고 2층으로 올라오는 그를 보자마자 다른 종류의 남자임을 알아볼 수 있었다. 남색의 봄 코트, 검은색 뿔테와 검은색 컨버스 하이, 정성 들인 헤어스타일, 아이폰, 예술 업계에 종사하는 그의 직업까지. 그는 내 인생에서 외면의 정성을 들이는 최초의 남자였다. 대학생이었던 내게 예고도 없이 찾아온 사랑의 서사도 완벽했다.

우리는 한눈에 서로를 알아봤다. 푹푹 찌는 여름에도 꼭 붙어 어디든 걸어 다녔다. 보고만 있어도 얼굴을 붉히던 순수함, 이어폰을 한 쪽씩 나눠 끼고 같은 노래를 들으며 가지던 우리만 아는 찬란함, 커플 자전거를 타고 한강을 누비던 기념일, 사랑을 자랑하고 싶어 안달이었다. 우리는 그 시절 청춘의 한 대목에 서로의 이름을 나란히 세웠다.

사랑 하나로 걸어서 세계 일주라도 함께할 기세였건만, 황

홀함의 유효기간은 설렘까지였나. 작은 다툼에도 관계가 무너지고 세워졌다. 위태로워지던 사랑은 1년 만에 막을 내렸다. 나는 그와 헤어지기 싫어 그가 보는 앞에서 장대비를 맞으며 시위했다. 투명하게 울고 떼썼다. 서로의 고집은 완고했지만 결국 그가 이겼다. 우리는 다시 각자의 세계로 돌아갔다.

이별을 인정하는 데에 오랜 시간이 걸렸다. 그에게 꼭 맞는 사람이 내가 아니란 사실을 자책했고 **W바**를 지날 때마다 울었다. 사랑에 마음 전부를 맡겼던 나를 원망했다. 시간이 흐르자 차츰 알게 되었다. 균열 없는 사랑은 없다는 걸. 드라마도, 영화도, 책도 균열은 관계를 더 단단하게 해 줄 수 있는 재료라고 말하고 있었다. 사랑엔 관계를 유지하기 위한 현명한 내공이 필요하다는 걸. 우리는 실패했다. 그제야 이별을 겸허히 받아들일 수 있었다. 다른 사랑을 시작할 용기가 생겨났다.

5년 후 우리가 다시 마주쳤을 땐 둘 다 시시한 연애를 마친 후였다. 서로를 속속들이 아는 대화는 익숙한 안심을 주었다. 방심하기 딱 좋은 상태였다. 재회 결정은 쉬웠다. 우리의 대화에는 한동안 **역시!, 이거지!**하는 감탄사가 빠지지 않았다. 누적된 연애로 쌓아온 내공을 뽐냈다. 처음보다 훨씬 순조로운 연애를 이어갔다. 그때의 우리는 꼭 **큐브** 같았다. 관계가 완전해지고 있다고 생각했다. 나는 다짐했다. 이번엔 사랑에 마음 전부를 매달리지 않을 거라고. 투정을 지우고 기분을 숨기는 것이 성숙한 연애라고 생각했다. 그러나 혼자 있을 때 그를 떠올리면 어딘가 불안한 마음이 동행했다. 말했어야 했나. 그래도 함께 있으면 익숙하고 좋았기에 괜찮아질 거라 믿었던 게 화근이었다. 잃지 않기 위해 배려만 하는 인내는 이별을 쉽게 불러올 수 있다는 걸 예감했던 걸지도 모른다.

다른 연인들과 쌓아온 연애 내공은 점점 서로를 치사하게 만들었다. 실망과 인내를 모른 체 할수록 우리는 멀어졌다. 그럴수록 나는 사소한 마음도 숨겼다. 관계가 점점 겉핥기로 변했다. 결국 형식적인 만남은 권태로 이어져 그에게 심술과

토라짐, 비아냥을 유발하게 했다.

 폭격기처럼 쏟아지는 말은 내 마음의 문을 닫게 만든 지름
길이었다. 불편한 공기가 이어졌다. 유치하고 치사한 공격은
인류애를 사라지게 만들었고 그러는 와중 한심하다는 말이
그의 입에서 나왔을 때 나는 이별을 결심했다. 이번에는 그
가 굳게 닫힌 철문 앞에서 투쟁했다. 나는 어떤 물음에도 무
응답으로 응답했다. 끝까지 인내만 하다 마음의 문을 완전히
닫았다. 그런데 그는 영문을 모르는 것 같기도 했다. 곁을 내
어주는 것이 두려웠던 사랑은 존재가 의심스러울 정도로 이
별이 쉬웠다. 처음부터 사랑한 적 없었나? 이해보다 평화가
앞선 연애는 마음의 미동이 없었다. 그에게 상처를 주었다는
사실을 이제야 알았다. 한동안 그 생각이 머릿속에서 떠나지
않았다. 완전한 엉망이었다.

 사랑에도 자격이 있다. 나는 자격 미달이었다.
 사랑을 정면으로 마주칠 용기가 생길 때까지 내면을 수리하
고 또 점검해야 했다.

이따금 사랑이 문을 두드렸다. 신중해진 탓에 피하기를 여러 번, 마음에 드는 상대가 생기면 그쪽에서 문을 열어주지 않기를 여러 번. 그러나 엇갈림 속에서도 나는 조급할 수 없었다. 삶이 내게 아직 준비되지 않았다고 일러주는 것 같았기 때문이다. *아직 타인에게 너를 내어줄 용기도 없으면서 사랑하려고? 또 실수해서 상처 주려고? 정신 차려.*

사랑이 하고 싶다고 오로지 사랑만 쌓을 것이 아니었다. 필요한 건 가끔의 환기. 신랄하게 부대끼기도 해야 한다. 또 이별에 진지할 각오도 되어 있어야 한다. 연인에게 뻔뻔하게 신세 질 줄도 알아야 한다. 배려보단 민낯을, 한 톨의 상처는 넘어갈 용기도 갖춰야 한다. 사랑의 불완전함을 인정해야 한다. 그러고 나면 무모하게 곁을 내어줄 아량도 넓어질 테니까. 안정감에만 집착했었던 연애의 끝이 이별인 건 당연했다.

나는 이별 후 처음으로 진지해졌다. 그리고 늦은 슬픔에 안도했다.

여행이란 다음을 기약하는 애피타이저

무표정을 유지하려는 노력은 소용없었다. 그를 너무 잘 아는 두 여자가 아주 가까이 앉아 시선을 고정하고 있었다. *떨려?* 하고 물으니 뜸 들이듯 *그냥 뭐,* 하는 대답으로 그의 마음이 단번에 탄로 났다. 긴장된다는 뜻. 나는 엄마와 눈을 맞추고 귀엽다는 듯 활짝 웃었다. 아빠의 무심한 컨셉을 지켜주기 위해 놀림은 그쯤 해둔다. 한 달 전부터 찜해놓은 창가 자리를 차지한 그는 곧이어 이륙할 거란 안내 방송에 바깥으로 시선을 돌렸다. 커다란 엔진 소리와 함께 진동으로 가득 찬 기내. 도움닫기 하듯 속력을 올려 하늘로 날아오르기 시작한 비행기는 본격적인 여행의 시작을 알렸다. 어느새 옆에 앉은 두 사람은 눈을 질끈 감고 손을 꼭 잡은 상태였다. 그녀가 실눈을 뜨고 중얼거렸다. *무서워…*. 나는 놓칠세라 휴대폰을 꺼내 부모의 첫 비행을 기록했다.

비행뿐 아니라 부모의 어떤 처음을 목격해 본 사람은 알 것이다. 부모의 사적인 공간에 초대받았다는 기쁨, 거창하진 않지만 경이롭고 짜릿한 일.

부모는 나의 거의 모든 처음의 목격자다. 나는 부모에게 이 세계에서 갖춰야 할 모든 기본자세를 배웠다. 모국어, 기쁘거나 슬플 때 짓는 표정, 수저 잡는 법, 입맛, 양치하는 법 등… 나는 내 생애 절반쯤은 부모가 에스코트해 주는 길을 따라 걸어왔다. 그래서 부모는 인생을 먼저 산 스승이기도 하다. 자아의 방황기를 거치고 부모가 되어도 이상하지 않은 나이가 되면 스승에게도 모순이 있다는 걸 알게 된다. 스승도 스승이 처음이라는 것. 삼십 대인 내게 아직도 세상이 물음표투성이인 것처럼. 나의 엄마가 지금 내 나이에 초등학생과 유치원생의 엄마였다는 걸 생각하면 엄마의 서투름은 곧 연민이 동반된 귀여움이 된다. 나는 마음속으로 그 시절 엄마의 친구가 되어 엄마를 바라본다. 어떤 처음을 좋아할지, 괜찮다는 그 사소한 말에 어떤 모순이 있을지 찾는다. 처음을 목격하고 싶어 관찰한다. 의외의 모습을 찾아낼 때마다 놀라워한다. 이렇게 그들의 첫 순간들을 하나씩 찾아낼수록 환희가 차오른다. 그러면 그들을 더 깊이 사랑하고 싶어진다.

오전 아홉 시의 성산항은 맑은 가을 날씨를 뽐내고 있었다. 아빠는 주차장에 차를 무사히 주차하고도 한참을 차에서 꾸물거리며 내리지 않았다. 실눈 뜨고는 앞 좌석에 앉아 룸미러를 보며 단장하는 아빠의 모습이 보이자 그만 피식 웃음이 새어 나왔다. 맑은 날씨 따위. 아빠의 옷차림보다 더 뽐낼 수 있는 건 없다고 생각했다. 여행 출발 하루 전, 아빠의 짐 가방엔 평소 입고 다니는 걸 본 적도 없는 새 청바지와 체크무늬 셔츠가 다소곳이 접혀있었다. 새 옷으로 무장한 그의 여행 패션은 사진으로만 봐왔던 아빠의 젊고 찬란한 청춘을 연상케 했다.

우리는 우도로 향하는 커다란 배에 탑승했다. 엄마와 아빠는 머리칼이 휘날리든 말든 난간에 기대어 우도로 실려 갔다. 바다 위 바람은 언제나 드셌으니, 매섭게 부는 바람에 눈앞이 흐려질 때도 되었지만 그들은 고집스럽게 먼바다를 바라보며 나란히 서 있었다. 아빠는 멀어지는 제주도를 바라보며 머쓱하게 입을 열었다.

사람들이 비행기나 배 타본 얘기 하면 낄 수도 없었는데… 이제 좀 당당해질 수 있겠네. 나 그동안 창피해 말도 못 했어. 허허….

나는 괜히 울컥해 잘 됐다고 말하곤 쭈뼛거리며 딴 곳을 쳐다보며 연신 사진만 찍어댔다.

우도에 내리자마자 사방이 오픈된 전기차를 대여했다. 각자 고심해서 고른 알록달록한 안전모까지 착용하며 여행할 준비를 마쳤다. 선두로 달리는 나와 동생 뒤론 부모가 탄 전기차가 따라오고 있었다. 제주를 상징하는 까만 돌담 앞에 정차해 단체 사진도 찍고 서로의 사진을 찍어주기도 했다. 내가 우도봉 앞에서 바라보는 바다를 가장 그리워했던 것처럼 자연을 좋아하는 엄마도 그 바다를 보며 아름답게 여겨주기를 바랐었다. 마음을 알아주기라도 한 듯 엄마는 그곳에서 바다를 한참이나 내려다보았고 다음엔 도보 여행으로 오고 싶다고 했다. 나는 우도를 내가 지은 것도 아니면서 보람찬 기분이 들었다.

다음 날 아침, 일어나니 이미 가을비가 쏟아지고 있었다. 성산을 떠나 애월로 가는 날. 고대하던 오름에 오르기로 했는데 비가 내려 어떻게 하루를 보낼지 막막해졌다. 퇴실 시간까지 조금 남은 시간을 좀 더 성산에 쓰기로 했다. 직장동료에게서 비자림은 비 올 때 걸어야 더 멋진 곳이라는 말을 들었던 게 생각났다. 육지로 먼저 떠난 동생 없는 셋만의 조촐한 비자림 산책을 계획했다. 이른 아침인데다 비까지 오는 이 넓은 숲에 놀러 온 관광객은 우리밖에 없었다. 짐만 될까

챙기기 싫었던 주황색 우산은 녹색의 숲과 어우러져 미리 연출한 것처럼 보이기도 했다. 비슷해 보이는 나무 한 그루 한 그루를 놓치지 않고 느린 걸음으로 거니는 엄마를 보니 날씨 같은 건 상관없다고, 중요한 건 마음가짐이라는 걸. 엄마는 비 오는 숲 산책을 진심으로 좋아했다. 그런 엄마를 뒤따라 걷는 흙길의 서걱서걱 소리. 비로소 숲의 신선한 내음이 코 깊숙이 느껴졌다. 나는 우리뿐인 숲에서 엄마가 좋아하는 이문세 음악을 틀었다. 우산 밖으로 떨어지는 빗소리의 오독오독함. 그 사이로 작게 읊조리는 엄마가 부르는 「소녀」.

찾고 싶은 옛 생각들 하늘에 그려요.

(…)

나 항상 그대 곁에 머물겠어요.

떠나지 않아요.

이문세 「소녀」 中

한 걸음 한 걸음 나아갈 때마다 좀 더 소녀스러워지는 뒷모습. 수십 년간 지켜온 단단한 취향은 그녀의 무해함과 성실함을 보장하는 듯했다. 엄마에서 금방 소녀다워지는 그녀를 보니 어떤 마음은 다짐을 벗어나 거의 확신이 되어가고 있었다.

나는 나를 엄마라고 부를 수 있는 존재는 만들 수 없겠다고, 내가 받아온 과분하고 유능한 딸 대접은 어설픈 사랑으로 완성되는 것이 아니었다고. 그러나 먼 훗날 엄마가 되고 싶어지면 가장 무거운 각오를 하자고. 엄마의 소녀 같은 사랑스러움은 엄마라는 진지한 책임감으로부터 절제해온 마음이었다는 걸.

어느새 사방이 저녁의 어스름으로 깔리고 우리는 애월의 어느 엘피바에서 마지막 밤을 보내기로 했다. 옛날 감성 따라, 나는 모르는 부모의 추억 따라, 원하는 음악을 신청할 수 있는 낭만적인 술집. 동생은 여행 전 부모에게 미리 신청하고 싶은 음악을 골라놓으라고 했었다. 신청한 음악, 그들의 취향이 낯선 이들의 귀에도 닿을 테니까, 기대할 테니까. 음악이 바뀔 때마다 시시각각 변하는 그들의 표정을 보는 것만으로도 즐거웠다. 신청한 음악이 흘러나올 때까지 설레는 마음으로 기다렸다. 나는 그들이 신청한 음악에 대한 추억도 없으면서 마음대로 그들의 과거를 회상했다. 음악일 뿐이었지만 취향을 내보이고 나니 좀 쑥스러워지기도 했다. 우리가 신청한 음악이 어딘가 서로 닮아있다는 생각이 들어서였을까.

내일 떠난다고 생각하니 좀 아쉬움이 밀려왔다. 여행 일정에 너무 피곤하진 않았는지, 혹은 더 다양한 관광지를 둘러보았어야 했는지, 약간의 후회와 다음엔 더 길게 와야지, 숲을 더 오래 걸어야지, 펜션 대신 호텔을 예약해 봐야지, 오름은 꼭 가봐야지, 하고 결심하게 되는 몇 가지. 그러면서 여행은 좋아하는 걸 하는 것과 동시에 뭘 좋아하는지 찾는 과정이라는 생각을 했다. 잘 안다고 생각한 가족도 익숙한 환경에서 벗어나면 전혀 모르던 남일 수도 있다는 사실. 상대가 어떤 것에 기뻐하고 어떤 것에 불편한지 알아가는 행위. 그로인해 더 나은 다음을, 더 애틋한 우리를 생각하는 것. 여행은 끝이 아닌 다음을 기약하는 애피타이저였다는 걸.

나는 여행에서 돌아와 플레이리스트에 남아있는 이문세의 옛 음악과 엘피바에서 듣던 세 곡을 한동안 번갈아들었다. 부지런히 촬영한 영상은 묶고 편집하여 부모에게 선물했다. 한동안 안방 틈새로 영상에 삽입한 음악이 시도 때도 없이 흘러나왔다. 단풍잎만큼 사랑도 무르익어 벌게진 서른 살의 가을밤은 오래도록 우리의 첫 제주를 추억할 것이었다.

볕뉘의 초상

아무 날도 아닌 날, 문득 오랜 친구가 안부를 물어왔다. 그런데 잘 지내고 있냐는 다정한 말이 좀 생경했다. 굳이 안부를 묻지 않아도 어떻게 지내고 있는지 알아서였다. 우리는 이십여 년 전 놀이터에서 처음 만난 소꿉친구. 한 동네 살며 각자의 엄마들까지 친해진 함께 자란 사이, 서로의 엄마는 아주머니가 아닌 응석받이 이모, 각자의 동생은 우리의 동생, 두 가족 함께 세월을 동행해온 근사한 사이.

친구와 어려서는 자매처럼 내내 붙어 다녀 친자매라는 오해를 사기도 했다. 고등학교에 진학하면서 친구는 이과, 나는 문과로 갈라졌다. 함께 급식 먹는 친구, 수업받는 건물, 관심사가 달라졌고 각자의 세계는 점점 등을 보이며 확장되었다. 우리는 소꿉친구라는 매개 안에서 멀어지지 않은 채 멀어져 갔다.

그러는 동안 엄마들의 우정은 여고생의 단짝 친구처럼 촘촘해졌다. 하루가 멀다 하고 서로의 집에 오고 가며 온갖 반찬을 내어주고, 함께 걷고, 욕하고, 울고, 웃어주고, 서로의 결혼기념일을 축하해 주며, 평생 함께 놀자는 말까지 새끼손가락 걸어 약속했다. 그러니 다른 도시에 사는 친구의 안부는 엄마와 엄마 사이에 더 일찍 도착하는 정보였고, 나는 엄마를 통해 친구의 건강과 취미를 머릿속으로만 업데이트해왔다.

약속하지 않아도 명절이면 만나는 사이에 안부는 사치쯤으로 여겼던 걸까. 아무 날도 아닌 날에 묻는 친구의 안부가 생경하게 느껴진 기분이 민망해졌다. 친구와 읽고 있는 책 공유로 시작해 어릴 때처럼 두 가족 함께 캠핑 가자는 약속, 쓰고 있는 일기장의 가격, 들쑥날쑥한 날씨, 어제는 무얼 했는지… 우리는 자주 얼굴을 보는 사이처럼 시시콜콜한 대화를 종일 주고받았다. 안부의 공백을 당연하게 생각한 내게 여전히 소꿉친구의 자세로 다가온 친구가 고마워졌고 증폭된 마음은 보고픔을 불러일으켰다. 그러니 여름휴가에 집에 놀러 오겠다는 친구의 한마디가 그렇게 반가울 수 없었다. 게다가 부끄러움에 보고 싶다는 말 한마디 먼저 하지 못해 기쁘게 해줄 기회도 놓쳤으니… 나 자신에게 딱밤이라도 한 대 쥐어박고 싶었다.

휴가에 보자는 말로 대화를 마치고 뭉클해진 마음으로 어린 시절을 추억했다. 일기를 쓰다 말고 방구석 한편에 자리 잡고 있는 편지 상자를 열어 학창 시절 친구가 써준 편지도 찾아 읽었다. 수많은 편지 중 어떤 편지엔 이렇게 쓰여 있었다.

너 그거 모르지. 우리 예전에 에버랜드 놀러 가서 디스코 라운드 처음 탔을 때, 나 진짜 무서웠거든. 근데 네가 손잡아 주면서 '괜찮아.'했었어. 그 한마디 때문에 진짜 무서움

이 싹 사라졌어. 그리고 또 탔잖아. 고맙다는 말 하고 싶다. 나 이제 괜찮아. 놀이 기구뿐 아니라 다른 일로 힘들 때마다 네 위로가 생각났어. 진짜야. 잘 몰랐는데 네가 내게 큰 친구인가 봐.

내가 이 편지에 답장을 써 보냈던가. 기억나진 않는다. 그런데 내게 친언니처럼 늘 괜찮다고 해주는 건 친구였다. 어려서부터 나보다 키도 크고 어리광도 적었던 친구는 나와 내 동생, 친구의 동생에게 맏언니나 다름없었다. 어른들은 항상 우리 넷을 남매처럼 여겼고 꼭 친구에게 나를 포함한 어린 동생들을 맡기듯 잘 돌보라며 당부했다. 그러니 나보다 괜찮다는 말을 더 달고 자란 건 그 애였다. *울지 마. 괜찮아. 괜찮아질 거야. 거봐, 괜찮지?* 그런 친구에게서 언제 받았는지도 모를 편지를 다시 읽고, 처음 읽는 것처럼 마음이 미어지다니. 안부 인사에 이어 마음을 놓치고 산 세월 앞에 나도 모르게 머리를 긁적거렸다.

한차례 장마가 지나간 한여름, 일찍 퇴근해 어려서 자주 가던 동네 빵집에 들러 곰보빵을 한 아름 샀다. 오랜만에 햇살 아래 둘러앉은 두 엄마와 두 딸들. 엄마들은 곰보빵을 입에 넣으며 나와 친구를 뿌듯한 눈으로 관람했다. 그리곤 빵집의 빵 굽는 시간까지 달달 외던 그때를 회상했다. 어느 겨울의 주말 아침, 갓 나온 곰보빵을 사 오라는 심부름을 받으면 서로의 손을 꼭 잡고 꽁꽁 언 길을 걸었더랬다. 따끈한 빵을 먹으며 함께 보던 드라마 「가을동화」 재방송. 가을동화의 은서와 준서를 따라 다 같이 정동진으로 여행 갔던 그 겨울까지. 성인 되고 처음 만나는 것도 아닌데 하루 오백 원씩 용돈 주던 시절을 지나 제 앞가림도 한다며 뿌듯하듯 말하는 것도 늘 벌어지는 익숙한 광경이다. 아마 두 엄마는 우리가 삼십 대를 넘어 사십 대가 되어도 오백 원과 곰보빵 이야기를 하며 우리를 관람할 거다. 그 시절을 회상하는 건 두 엄마의 행복 회로. 언제가 엄마가 했던 말, 그 시절은 인생 통틀어 가장 행복했던 시절이었다고. 우리는 두 엄마 앞에서 더 적극적인 소꿉친구가 된다.

저녁이 오기 전, 두 엄마를 뒤로하고 내 자취방으로 장소를 옮겼다. 그러고 보니 단둘이 보내는 시간도 십여 년 만이다. 저녁 메뉴로는 타지의 친구가 쭉 먹고 싶었다던 동네 맛집의 요리를 배달시켜 먹기로 했다. 수제 돈가스와 중국식 냉면, 하이볼을 차렸다. 그동안 밀렸던 여러 이야기를 해야겠다는 혼자만의 계획이 있었지만 어떤 이유에서인지 밀렸다고 생각한 이야기는 딱히 떠오르지 않았다. 밤이 깊어지도록 하이볼을 마시고 예능 프로그램을 보고 웃었다. 못다 한 이야기를 꺼내지 못한 아쉬움보다는 티브이만 보는 것도 즐겁게 느껴져 마음이 편했다. 평소 밤 열 시면 잠이 든다는 친구는 열 시가 되자 꾸벅꾸벅 졸더니 열 한시가 되기도 전에 잠이 들었다.

불 꺼진 방에 홀로 번쩍이는 티브이와 소꿉친구가 함께 있는 밤. 다 자란 친구의 자는 뒷모습을 보니 낮의 두 엄마처럼 자꾸만 순수한 기억들이 구름처럼 뭉게뭉게 피어났다. 매년 함께 간 여름 휴가지에서 숙소로 빌린 노인회관, 이름도 모를 타지의 조상 몇십 장의 사진이 걸려있어 무서움에 잠 못 이룬 여러 번의 밤, 오백 원 용돈 합쳐 쌍쌍바와 감자칩 한 봉지 나눠 먹던 유년…. 서로의 가족을 제외하곤 어린 시절 달리 추억할 거리도 없는 지난 세월, 다 자라 단둘이 처음 맞이하는 밤, 뒷모습은 속 깊은 이야기를 나누고 싶던 환상에 이렇게 말하고 있었다. 밀린 이야기 같은 게 있을 줄 알았냐고. 그저 편한 마음으로 함께 시간을 보냈으면 된 거라고, 코웃음 치듯 쌔근거렸다.

실은 피곤한 여름을 보내고 있었다. 직장 생활과 글쓰기 생활을 병행하며 에너지 총량의 한계에 부딪히던 계절, 맺고 끊어지는 관계 사이에서 쉼 없이 회전해야 했던 마음의 공간이 좁혀지던 계절, 내어줄 게 없어 나도 모르게 나와 모두에게 치졸해졌던 한여름. 그렇기에 늘 혼자를 자처했던 내 좁은 집에 아무렇지 않게 찾아온 친구의 말 없는 뒷모습은 말이 없어 위로가 되었나보다. 그의 고작 잠든 숨소리 하나에 마음이 회복되고 있었으니, **볕뉘**라는 단어가 떠올랐다.

볕뉘란,

(1) 작은 틈을 통하여 잠시 비치는 햇볕

(2) 그늘진 곳에 미치는 조그마한 햇볕의 기운

(3) 다른 사람으로부터 받는 보살핌이나 보호

이라는 뜻이고

내 마음의 해석을 더해,

(1) 치사해지는 마음의 작은 틈새로 비치는 순수한 기억들

(2) 다 자란 친구의 잠든 뒷모습을 타임머신 삼아 어린 시절로 돌아가 보살핌을 받는 일

이라는 뜻으로 내게서 새로 태어난 이름마저 아름다운 단어.

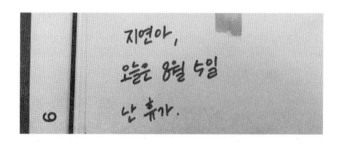

당연한 사이는 과시할 이유가 없듯, 당연하지 않음을 자각하는 순간 존재 자체로 귀해진다. 친구가 돌아간 후 책상을 정리하다 그가 쓴 메모를 발견했다. 특유의 단순하고 다정한

말씨는 어쩜 그리 그대로인지. 그 한결같은 마음씨를 닮고 싶어 버리지 않고 일기장에 붙였다. 두 엄마가 다 자란 우리를 보고 과거를 추억하듯, 삼십 대를 지나 사십 대가 되어도 나는 친구를 보며 마음의 타임머신을 타고 언제든 어린 시절로 돌아갈 것이다. 다 자란 친구의 뒷모습에 숨어 안심할 것이다. 그 모습은 언제까지고 친구가 어떤 모습으로 존재하든 내게 볕뉘의 초상이 될 것이었다.

준비물은
시를
사랑하는 마음

희망을 희망하기 위한 꿍꿍이

정현종
『광휘의 속삭임 - 아침』

아침에는 운명 같은 건 없다

있는 건 오로지

새날

풋기운!

정현종 「아침」 中

새해엔 새것의 기운이 있다. 새것처럼 살아야 할 압박도 조금 있다. 나는 얼마나 대단한 일을 꾸미고 싶었길래, 하늘이 겨울의 마지막을 쏟아낼 사이에도 무엇도 시작을 못 했나. 목적 없는 마음은 저만치 앞서만 갔다. 낡은 벽 위에 새하얀 페인트를 덧칠하듯 새로운 어떤 것에 설레고 싶었다. 봄이었나. 사랑이었나. 동력이었나. 그저 새해였나.

압박과 별개로 하루의 유일한 자유라며, 그렇게 기대하던 밤도 시큰둥해졌다. 게으름이 끝 겨울을 붙잡았다. 불안함과 한가함, 무기력이 공존했다. 여행 계획, 신간 구매, 좋아하는 영화를 보는 일도 모두 출근하는 마음과 별다를 것이 없이 따분하게 느껴졌다. 정돈된 방을 정리하고 정리했다. 우주 같은 SNS를 유영하다 새벽이 되어 하는 수 없이 잠이 들었다. 아침이면 다시 유익한 하루를 보내자는 책임감만 가지고 다시 매일을 반복했다. 성취감 없는 일상이 시한부이기를 바랐다. 안일하게 살지 말자는 의지만이라도 사수하기를…. 순수한 기분으로 무언가에 몰입하는 내가 보고 싶어 새로움에 기웃거렸다. 소문난 독서 모임, 뜨개질, 배우고 싶던 분야 강의 신청… 그럼에도 마음은 여기저기 분산되어 어디에도 정착하지 못한 채 나날이 흩어져만 가고 있었다.

 새것의 기운은 새해가 쥐고 있다는 편견. 양심상 새해라는 수식어가 어색해진 3월이 되자 그 마음도 잊게 되었다. 여전히 무기력한 내 꼴이 조금 한심해 보이기도 했다. 그러니 새날의 새 기운으로 어설프게 새것을 쥐어 보기로, 불안한 밤보다 순수한 새벽에 희망이 좀 더 많을 거란 기대를 걸었다. 이것만큼은 절대 못 하리라 다짐한 새벽 기상을 시작했다.

 오전 다섯 시에 울린 알람, 너무 이른 아침인 탓에 조금 울렁거리는 속을 가다듬고 여기저기서 습득한 정보대로 조용한 음악과 함께 명상을 시작했다. 명상 후엔 전기포트에 물을 올렸다. 물이 끓는 동안 간단한 스트레칭을 하고, 이내 보글보글 소리가 들리면 우려낼 차를 고른다. 루이보스차, 둥굴레차뿐이지만 기분 따라 우려낸 따듯한 차로 찬 기운을 데우면 이 시간은 오롯이 내 몫이라는 행복으로 마음이 벅찼다. 오전 여섯 시가 안 된 시간은 어둡고 고요했다. 밝은 어둠 속 하루를 경건히 맞이하기 위한 새 의식. 아침 일기를 쓰고 독서를 하는 것, 그 시간엔 시큰둥이란 없었다. 새로움만이, 오로지 나에게 집중하는 시간만이 있었다. 나는 자꾸만 아침이 기다려졌다.

눈 뜨자마자 출근 준비로 촉박했던 하루의 시작을 내가 원하는 용도로 꾸릴 수 있다는 것. 그 포만감에 중독되지 않을 사람이 있을까. 열심히 산다는 그저 뽕에 취한 것일지라도 짜인 일상이 아닌, 내가 주도한 시간을 살아도 된다는 자유로움에 깃든 확신. 이른 아침 내가 만든 동굴에서 꾸미는 순수한 시간은 하루의 동력이자 희망이 되었다. 비로소 내가 원하던 새해, 새날, 새것. 내가 꾸미고 싶었던 것은 이 단순한 희망이라는 사실이 더욱 선명해졌다. 매일 아침 새해를 맞이하고 싶은 이유, 희망을 위한 꿍꿍이.

이 세계의 사소한 교태

박준
『우리가 함께 장마를 볼 수도 있겠습니다 - 선잠』

그해 우리는 서로의 섣부름이었습니다.

박준 「선잠」 中

최근에 시집을 선물 받은 적이 있는데, 그 뒤로
시집 구매에 취미가 생겨서 너에게도
선물해 하늘. 국문과라고 모든 시를 좋아하고
해석하고 그러진 않아^^. 다만, 가끔은 짧은
글이 위로가 돼더라-. 나는 시집의 제목이랑
제일 첫 시를 보고 시집을 구매하는데. 그것들이
널 떠올리게 했어. '선잠'. 고2, 고3때가
마구 생각 나는거 있지ㅎㅎ. 다ㅆ 지긋할 수도 있지만
아주 가끔이라도 생각없이 위로를 받길 바라며..

一 지현 씀

중고 책을 사다 보면 최초의 구매자로부터 받는 뜻밖의 선물이 생길 때가 있다. 특히 사랑스러운 이 편지는 제목도 사랑스러운 박준 시인의 시집인 『우리가 함께 장마를 볼 수도 있겠습니다』 책날개에 부착되어 배송되었다. 나는 하늘과 지현이 어떤 사람들인지는 모르지만 그가 말하는 첫 시 「선잠」에서의 고2, 3학년이던 그들의 기분은 어렴풋이 알 것도 같았다. 나는 내가 하늘이라도 된 듯 설레는 마음으로 첫 시를 읽어 내려갔다. 시 「선잠」은 이렇게 시작한다.

그해 우리는 서로의 설부름이었습니다.

설부름… 설부름이라니. 너무 좋아 미쳤다면서… 나는 알 수 없는 저 먼 지하로부터 끓어오르는 감동을 삼키며 허겁지겁 시를 읽었다. 그리고 가장 좋은 첫 문장을 몇 번이고 다시 읽었다. 유난히 늘어지고 싶은 나른한 5교시의 햇살, 조금이라도 더 붙어있기 위해 먹는 하교 후 떡볶이, 지현의 문학 생활, 각자의 꿈을 이야기하며 나란히 학교 구석구석을 걸었던 점심시간… 하나의 문장은 하나의 시절을 떠올리기에 충분

했다. 섣부름이라는 단어의 애틋함은 나에게도 있는 그 시절을 떠올리게 만들었다.

 그 시절 나는 나의 친구이자 동료 그리고 섣부름인 조은영과 매일 편지를 주고받았다. 정말이지… 매일. 생각 많고 걱정 많고 꿈 많은 두 고등학생, 얼굴을 마주하고는 내뱉기 어려운 속내가 많았나 보다. 고작 문자 80바이트로는 하고 싶은 이야기의 반의반도 못 할 거였다. 그래서 우리는 매일 노트를 찢었다. 수업 시간, 야간 자율학습 시간, 때로는 독서실에서 서로를 향한, 또는 자기 자신을 향한 글을 적었다. 마음을 대변하는 노래 가사나 시를 적을 때도 있었다. 빼곡히 채운 종이를 고이 접어 서로의 가방 앞주머니를 우체통 삼아 넣었다. 그렇게 3년을 보내니 편지는 운동화 박스 한 개 가득 채울 만큼 쌓여있었다.

 내면의 풍파가 잦았던 여고생 조은영은 어느 날 편지에 이렇게 적었다.

정말 힘들지 않을 수도 있지만 자꾸만 힘든 척이 하고 싶다. 불행이 상대적인 거라고 생각하면 지구 반대편 아프리카에 사는 아이들의 불행을 생각하게 돼. 그럼 내 불행이 아무것도 아닌 것처럼 느껴지지만 동시에 마음이 불편해져. 지연아. 어떤 삶이 오든 각오해두자. 원하는 삶이어도, 원하는 삶이 아니더라도 삶은 어차피 배신하게 되어있어. 삶을 포기할 각오가 없다면 모든 일에 덤덤해지고 싶어. 내가 어떤 모습으로 변해도, 멈춰도, 그리고 떠나더라도 앞을 내다볼 수 있는 사람이 되고 싶다.

당시 그녀의 내면엔 어떤 일이 벌어지고 있었던 건지 이제 와 생각해도 가늠이 되지 않는다. 삶을 포기할 각오로 차라리 삶을 전진하고 싶다던 은영은 또 어느 날 이렇게 적기도 했다.

네가 부럽기도 해. 근데 사실 시도 때도 없이 슬픈 것도 재밌어. 나는 몇 번을 반복해도 계속 똑같은 사람일 거야. 조금은 나아지겠지만 좋아하는 것, 표현하는 것, 주고 싶은 것,

계속 참지 않을 것 같아. 사랑하는 것도 재밌고 헤어져서 슬픈 것도 조금 지나면 재밌게 느껴진다. 그래도 네가 부러워. 나도 조심성이라는 게 있었으면 좋겠어. 확실한 성격이 부러워. 선 긋고 살고 싶다. 어쨌든 넌 내 워너비니까 힘들어도 계속 현실적이었으면 좋겠어. 너한테 계속 혼나고 싶어.

나는 은영에게 자주 잔소리했었다. *너무 정 주지 마, 너무 신경 쓰지 마, 너무 자주 연락하지 마…*. 흘러넘치는 마음이 늘 그녀를 힘들게 했었기 때문이었다. 반면 나는 마음이 흘러넘쳐도 꼿꼿이 등을 펴고 모든 마음의 곁을 스쳐 살았다. 매번 스쳐 가느라 이 마음, 저 마음이 넓게 분산되어 되려 길을 잃기도 했다. 그때는 그게 어른스러운 거라 착각했었다. 그래서 나는 일찍부터 나 자신을 유능한 사람처럼 포장하는 데에만 전념했다. 섣부름과 서투름을 발견할 때마다 숨거나 수습했다. 그럴 때마다 겹겹이 쌓이는 포장지는 두꺼워졌다. 그런 식의 태도는 길 잃은 마음의 보금자리 하나 건사하지 못했다. 내가 나를 돌아보았을 때 나는 이미 나 자신과 심히 멀어진 상태였었다. 아차 싶었다. 과거의 잔소리를 후회했다. 내 방식이 틀렸다는 걸 알았다. 앞서가는 은영의 끈끈하고 단단한 뒷모습. 배우기 시작했다. 삶을 너무 진심으로 살아내느라 늘 마음이 포화상태가 되어 있는 친구에게 깊게 사는 법, 후회하지 않는 법…. 포장은 한 꺼풀씩 뜯어지기 시작했다.

아마 은영은 일찌감치 알았을지도 모른다. 자기 자신의 약점에 대해 말하는 것, 섣부르고 서투르다고 인정하는 것…. 그깟 약점은 내가 가진 전부가 아니라는 가장 중요한 진실. 그거 하나만 알면 언제든 삶을 진심으로 살 수 있다는 것을. 나는 안다. 그런 이에게는 원하지 않아도 사랑이 몰려든다. 그것은 사랑받을 준비가 되어 있는 사람만이 아는 이 세계의 사소한 교태.

이 편지와 시집이 내게 온 건 화려한 포장지 따위 필요 없는 순수하고 완벽한 선물. 지현에게 하늘이가 있듯, 언제나 내게 하늘이었던 친구에게 시집을 선물할 차례.

내일 해가 밝으면 서점에 가야지. 시집을 사고 가져온 노트를 찢어 은영에게 편지를 써야지. *다소 지루할 수도 있지만 아주 가끔이라도 생각 없이 위로받기를 바란다는* 말도 꼭 써야지. 넘쳐흐르는 진심을 담아 선물해야지.

유리창을 박박 닦는 일

김언
『너의 아름다움이 온통 글이 될까 봐 - 괴로운 자』

청소하듯이 운다

김언 「괴로운 자」 中

1년간 미술관에서 근무한 적이 있다. 티켓 발권, 전시장 관리, 안내 데스크를 지키는 단순한 업무였다. 산골짜기에 위치했던 미술관은 전시장보다 정원이 몇 배쯤 넓어 계절의 변화를 싱싱하게 알 수 있었다. 연분홍으로 덮인 봄을 지나 연꽃이 피고 지기를 목격하고, 짧고 붉은 가을과 삭막한 겨울 한복판에 도달할 동안 나는 그곳에서 다양한 언니들을 만났다.

오후만 되면 당 떨어진다고 초콜릿 한 조각씩 나눠주던 진솔 언니, 매일 글 쓰던 민주 언니, 나물들의 참맛을 알려준 수현 언니, 불어학 전공생 현희 언니까지. 내 눈엔 그저 개성 짙은 언니들이었다. 그런데 동고동락하던 시절과 멀어질수록 나는 언니들의 특징을 한 가지씩은 닮은 사람으로 자라 있었다. 지금은 그 시절의 언니들보다 언니의 나이가 되었다.

그중 현희 언니는 배우 박소담을 닮았다. 예뻤다. 요란하고 유난스러웠다. 산 중턱에 위치한 미술관은 전용 셔틀버스가 있었지만 언니는 종종 등산복을 갖춰 입고 새벽 등산으로 출근했다. 어느 날엔 무단결근을 했다. 좋아하는 연예인의 해외 출장을 배웅하러 공항에 가고 있었기 때문이었다. 그 외에도 캐릭터 양말을 짝짝이로 신고 오거나 휴대폰을 두고 퇴근하는 등의 언니 식 자유분방함으로 우리를 놀라게 하곤 했다. 자매 집안에서 자란 언니는 때때로 몸보다 큰 가방을 이고 출근했다. 자매 전쟁이 시작된 거다. 다른 자매들과 공유하고 싶지 않은 옷과 화장품이 실린 가방은 전쟁이 끝날 때까지 휴게실 한편에 보관되었다. 어디선가 우당탕탕 하는 소리가 들릴 것만 같은 언니를 지금 생각하면 마냥 웃을 수만은 없다. 당시 언니는 불면증을 앓고 있다고 했다. 불면은 우울증 증상 중 하나였다. 나는 잠을 못 잘 정도의 우울은 어떤 걸지 짐작도 안 됐다.

'청소하듯이 운다'라는 문장을 읽고 그 시절의 현희 언니가 생각난 건 전시장의 온 유리를 박박 닦는 언니의 모습이 연상되었기 때문이다. 우리는 손님이 모두 퇴장하면 층당 3개의 구역으로 나누어진 전시장의 유리를 나뉘어 청소했다. 인적 드문 미술관이 그렇듯 종일 찌뿌둥한 자세로 전시장을 휘휘 돌다 청소를 하면 일과를 마무리했다는 기분이 들었다. 현희 언니는 종종 그 유리들을 혼자 닦기를 자처했다. 언니에게 그래도 될까, 미안함에 어쩔 줄 모르는 나를 지켜보던 다른 언니들이 말했다.

내비 둬. 쟤 나름의 스트레스 푸는 거야.

동시에 역시 특이하다는 표정까지 기억 속에 남아있다.

현희 언니의 돌발 행동도 대수롭지 않게 여기던 언니들의 추측으론(이미 익숙한 듯 보였다) 자매 전쟁의 강도가 심해졌거나 전공 관련 면접을 망쳤기 때문이라고 했다. 게다가 언니의 털털한 성격을 생각하면 유리창을 박박 닦는 모습도 씩씩하게 그려졌다. 실제로 그 일을 자처할 때면 의지가 넘치는 것처럼 보였다. 이후엔 나도 현희 언니의 돌발 행동을 대수롭지 않게 여기게 되었다. 지금 생각해 보면 단지 그런 이유로 잠까지 못 자진 않았을 거였다.

당시의 언니보다 더 오래 살고 보니 조금은 알겠다. 언니의 요란함은 내면의 시끄러움이었다. 불면증의 원인은 다른 데 있었다. 언니는 매일 울고 있었다. 나는 현희 언니가 어디서 뭐 하고 사는지 모른다. 그러나 언니가 말없이 유리창을 박박 닦는 동안 울었다는 것은 안다. 지금의 나는 언니를 이해한다. 우는 것은 몸을 바쁘게 움직이는 것으로 대신할 수 있다. 우는 대신 버린다. 마음을 비우는 대신 백지를 향해 박박 문댄다.

구태여 노이즈 캔슬링

양안다
『작은 미래의 책 - 이토록 작고 아름다운(중)』

조물주가 분노할 때마다

인간이 태어나는 것이라고 믿었다

　　　　　　　　양안다 「이토록 작고 아름다운(중)」 中

화병을 다스리는 데엔 **노이즈 캔슬링**이 장착된 이어폰만 한 게 없다. 노이즈 캔슬링이란 외부 소음을 90%까지 차단할 수 있는 기능이다. 그것은 작동법도 간단하다. 귀에 꽂고 손가락으로 톡, 톡 건드리면 진공 상태의 공간에 입장한 것 같다. 귀에선 조금의 소음도 모두 제거된 것처럼 들리지 않는다. 음악이 더 깔끔하게 들리는 건 물론이고 일상에서 은근히 거슬리는 버스 안 안내 음성이나 쌩쌩 굴러가는 바퀴 소리마저 차단해버린다. 나의 경우 주로 울화통이 터질 때 사용한다. 언제 어디서든 마음을 가라앉힐 명상을 실천할 수 있으니, 이렇게 유용할 수 없는 것이다.

그러나 이어폰으로도 다스릴 수 없는 화병이 있다. 인간관계와 관련된 문제가 그렇다. 나는 많은 사람과 우호적인 관계로 지내며 발전하는 삶을 동경했다. 과거의 난 타인이 사소한 친절이나 작은 비밀만 속닥거려도 내게 모든 마음을 연 거라고 생각했었다. 새로운 사람을 만나고 대화하는 것에 거부감이 전혀 없었다. 나는 조금만 친해진 사람에게도 내 비밀을 몽땅 맡겼다. 내가 비밀을 말한 만큼 상대도 나를 그렇게 대할 거라고 확신해서였다. 그러나 상대의 중요한 이야기는 내가 아닌 다른 사람들이 먼저 알고 있었다. 무한한 신뢰와 무모한 기대는 여러 번의 실망으로 이어졌다. 나는 나를 자책했다. 어리석었다. 아무리 가까운 사이도 내가 원하는 만큼 나와 같은 마음이기는 어려운 일이었다는 걸 늦게 알았다. 타인은 타인이라는 당연한 사실은 충격과 쓸쓸함을 안겨주었다. 아무도 배신하지 않았지만 씩씩거리며 내 삶에 타인이 차지하는 영역을 줄여가기 시작했다.

원한다고 해서 인간관계가 하루아침에 마음처럼 좁혀지는 건 아니었다. 나가기 싫은 자리에 초대되면 조리 있게 거절도 할 줄 알아야 하고 때에 따라 억지로 만나기도 해야 했다. 나는 나와 조금이나마 정을 쌓은 사람들에게 당당하게 거절할 용기도 없었다. 상대가 한때 나를 험담했던 사람이라도 말이다. 사람을 만나는 일 자체에 피로가 심해졌다. 피해망상이라도 생긴 것처럼 잠깐의 만남에도 입방아에 오를 거라는 생각에 사로잡혔다. 기분을 망칠 수도 있는 시간을 스스로 만들고 싶지 않았다. 나는 매번 세상 모든 핑계를 동원해 힘겹게 거절했다. 하물며 별로 가깝지 않은 상대가 내 인생에 대해 왈가왈부하는 꼴을 보고도 별말을 못 하고 얼굴만 붉혔다. 인간관계에 소극적일수록 마음은 옹졸해졌다. 그 사람이 내게 이 말을 할 자격이 있던가? 나는 그냥 핀잔 정도는 사소하게 넘길 아량을 가진 사람이 부러워졌다.

조물주가 분노할 때마다
인간이 태어나는 것이라고 믿었다

시집에서 이 구절을 발견했을 때 나는 얼굴도 모르는 시인에게 왠지 모를 동질감을 느꼈다. 가까운 사람에게도 말하지 못했던 간지러운 구석을 시원하게 긁어주는 것 같았다. 조물주가 있다면 과연 분노하지 않고서 인간을 만들 수 있었나. 그렇지 않고선 인간이 인간을 불쾌해하고, 미워하고, 못 견

더 할 수 있나. 그럴 거면 인간관계에도 졸업이나 은퇴 제도를 만들어 줄 순 없었나. 극단적인 바람은 어쩐지 순리대로 고름이 터진 거라고 생각했다.

그즈음 코로나바이러스가 유행하기 시작했다. 고작 비말로 쉽게 전염되는 감염병이었다. 확산이 우려되자 국가에선 타인과의 만남을 통제하는 사회적 거리두기 운동을 시행했다. 그것은 감염예방뿐 아니라 인간관계에서도 유용한 제도가 되었다. *직장 동료가 검사를 받아서, 다음에 보자. 거리두기 완화되면 한번 보자. 코로나 때문에 역시 좀 그렇지?* 만남을 거절하기에 이보다 정직한 핑계는 없었다. 전화를 피하거나 불편한 마음을 간직하지 않아도 되었다. 이 시대엔 서로 멀어지는 일도 자연스러운 것이었다. 전만큼 관계에 애쓰지 않아도 되니 억지로 만나서 얻는 피로도 없어졌다. 자유로워진 인간관계는 해방감을 제공했다. 해방감의 크기는 언제나 내가 바라왔던 상황인 것처럼 과거의 시행착오와 비례하는 보상을 받은 듯한 기분이 들게 했다.

그럼에도 종종 발생하는 인간관계에서의 소음은 완전히 제거할 수는 없을 것이다. 미래엔 이 소음마저 노이즈 캔슬링의 기능을 적용할 수 있으면 좋겠다. 말하는 자유가 있듯 원하지 않아도 듣게 되는 소식이나 험담으로부터 자유로울 권리도 있지 않을까. 그렇게 된다면 마음이 태평양처럼 넓지 않아도 누구든 눈치 보지 않고 톡, 톡. 구태여 노이즈 캔슬링을 켤 수 있을 것이다.

체력을 기르는 가장 게으른 방법

안희연
『여기서 끝나야 시작되는 여행인지 몰라 – 율마』

너는 추위에 강하게 설계되었단다

푸르거라 다만 푸르거라

안희연 「율마」 中

요즘 내가 자주 하는 생각은,

나는 윤 씨의 체력을 가진 심지연이다!

 윤 씨는 내 13년 지기다. 내가 아는 사람 중 가장 작은 체
구와 최고의 체력을 소유한 사람이기도 하다. 동시에 그녀
는 헤어디자이너다. 체력의 동력은 육체, 정신, 감정의 삼박
자 노동으로 길러졌다. 어느 날 그녀는 체력 소진할 구멍을
찾듯 춤 학원을 등록했다. 또 학원에 다녀와 잠들기 전까진
춤을 복습한 다음 잠깐의 취침 후 이른 새벽 헬스장에 간다.
소진하고자 했던 체력은 소진할수록 막강해진다. 그런 그녀
는 당연히 휴일을 허투루 보내는 일도 없다. 졸음이 밀려오
는 새벽까지 영어 공부를 하는가 하면 늦잠 잘 시간도 없
지 아침 일찍 밀린 병원 진료를 받는다. 이후엔 세차와 등산
을 하고 틈틈이 기타 연주와 춤 연습을 병행한다. 낮잠을 자

는 것도 잠깐이다. 다시 독서와 영어 공부로 하루를 마무리한다. 나는 윤 씨를 보며 체력이 흘러넘쳐 주체가 안 되는 사람도 있다는 걸 알게 된다.

친구는 끼리끼리 만난다지만 나는 체력을 기르는 일엔 영 관심이 없다. 귀찮음이 신체를 지배한 보통의(이라고 믿는) 사람이다. 게다가 나는 사무직 종사자다. 다시 말해 체력을 기를 수 있는 직업도 아니다. 운동이 딱히 취미도 아니다. 체력을 기르기 위한 노력은 마음이 내킬 때만 한다. 스스로 달리기나 요가를 시도하더라도 힘들다는 생각이 들면 그마저도 쉽게 포기하는 편이다.

그러다 나는 윤 씨의 체력을 직접 목격하게 된다. 3일간 여행의 마지막 밤이었다. 우리는 아쉬움에 적당히를 모르고 아침까지 술을 마셨다. 핑핑 도는 어지러움에 쓰러지듯 쪽잠을 잤다. 숙소 퇴실 시간이 임박해 겨우 일어났다. 일어나서도 취해있었다. 몸에선 여전히 술 냄새가 났다. 문득 돌아본 윤 씨의 침대엔 아무도 없었다. 그때 누군가 문을 열고 들어왔다. 차마 곯아떨어진 나를 깨우진 못하고 이미 해장국을 먹고 왔다는 윤 씨였다. 2시간도 못 잔 셈이다. 집으로 가는 길, 그녀가 3시간을 안 쉬고 운전할 동안 나는 옆좌석에 실려 숙취에 머리를 부여잡고 있었다. 집 앞에 나를 내려주고 멀쩡하게 떠나는 승용차 뒷모습엔 왠지 모를 비웃음이 실려 있는 것 같았다. 완전히 체력을 소진한 나는 곧바로 밀린 잠을 청했다. 한참 자고 일어나니 밖은 어두컴컴했다. 잠들기 전 조심히 들어가라는 내 문자에 윤 씨의 답장이 와있었다. 답장은 가관이었다.

한숨 잤니. 난 세차 후 은세 부부랑 저녁 먹으려고!

당연히 나처럼 비몽사몽일 줄 알았는데. 예상치 못한 전개에 당황해 어떻게 된 거냐, 안 피곤하냐 묻자 곧바로 답장이 도착했다.

그냥 그래. 내 체력 알잖아…

그녀의 체력이 진가를 발휘할 때면 나는 그 대단함을 알고 있음에도 매번 놀라워했다. *안 피곤해?* 물을 때마다 그녀는 지금처럼 *내 체력 알잖아…* 하며 아쉬운 듯 말끝을 늘어트렸었다. 본인도 어쩔 수 없다는 식의 뉘앙스. 이런 대화가 여러 번 반복되자 어느새 우리만의 유머가 되었다. 나는 자다 깨 퉁퉁 부은 얼굴로 염치없이 황당했다. 그러는 순간에도 그녀는 쉬지 않고 활동 중이었다.

나는 윤 씨보다 많이 쉬었음에도 여행 후유증으로 한동안 다래끼와 냉방병을 앓았다. 그뿐 아니라 조금 피곤하기라도 하면 생리 주기가 엉망이 되었고 어느 며칠은 평소보다 취침 시간이 늦었다는 이유로 장염까지 걸렸다. 누군가는 이렇게 말할 것이다. *쓰레기 체력이네.* 안다. 체력의 문제라는 걸. 그런데 도무지 체력에 관해서라면 영 노력을 지속할 자신이 없었다. 한정된 여가 시간은 오로지 하고 싶은 걸 해도 모자라기 때문이었다.

온갖 가벼운 질병에 시달리고도 운동 한 번 하지 않는 동안 그녀는 더욱 강인한 사람이 되어가고 있었다. 춤 학원 대신 이른 아침 헬스장에서 운동한 후, 종일 일하고 퇴근해 집으로 돌아가 홈트레이닝을 2시간씩 했다. 이 스케줄에 좋아하는 취미인 기타 연습과 영어 공부는 필수 옵션이다. 그래서 그녀의 평균 취침 시간은 새벽 2시. 이 모든 걸 하려면 그럴 수밖에 없다나 뭐라나. 나는 게으르게 앉아 대단하다고만 연발하다 번뜩 신박한 발상이 떠올랐다. 체력이 부친다는 느낌이 오면 윤 씨의 체력을 가진 심지연으로 빙의해보는 것이다. *나는 지금 윤 씨의 체력을 가진 심지연이다!* 그리하여 그녀의 의사와 상관없이 나는 힘들 때마다 그녀로 빙의했다. 윤 씨는 자기도 모르는 사이 내 트레이닝 선생님이 되었다. 내 체력 과대평가하기. 나는 원래부터 윤 씨인 듯, 추위에, 괴로움에, 힘듦에 강하게 설계된 사람처럼 살아보기 시작했다.

나는 원래 4시간만 자도 괜찮아.

나는 원래 달리기를 좋아해.

나는 원래 마음이 넓어.

내가 윤 씨라면 지금 포기하지 않지.

참가자	힘듦의 10단계와 포기하는 단계									
평소 윤 씨	1	2	3	4	5	6	7	8	9	10
평소 심지연	1	2	3	4	5	6	7	8	9	10
윤 씨로 빙의한 심지연	1	2	3	4	5	6	7	8	9	10

하루에 쓸 수 있는 시간이 늘어나기 시작했다. 힘듦이 4단계쯤 차오르면 백기를 들었던 나는 어느 순간부터 7단계에 도달해야 백기를 드는 사람이 된 것이다. 그 한계에 도달하고 나면 바람 빠진 풍선처럼 너덜거리지만 7단계까진 최선을 다할 수 있게 되었다. 나는 어느새 이전의 나로는 돌아갈 수 없게 된다. 사랑이 아닌 주제로도 글을 쓸 수 있게 되고, 달리기를 좋아하게 되고, 매일 스트레칭을 하고, 사람을 쉽게 미워하지 않고, 하고 싶은 다른 일을 위해 체력을 분배할 줄 알게 되고, 안 읽던 인문학이나 고전 문학도 좋아하게 되는 것이다.

윤 씨가 되어보니 알겠다. 그녀는 피곤하지 않아 그 많은 걸 할 수 있던 게 아니었다. 힘듦 따위는 하고 싶은 마음에 견줄 수 없어서였다. 하고 싶은 것에 적당함을 부여하지 않아서였다.

 며칠째 이어지는 퇴고에 집중이 흐려져, 될 대로 되라며 포기해버리고 싶은 지금, 기어이 이 말을 외쳐본다.

 나는 지금 윤 씨의 체력을 가진 심지연이다!

나는 잘 울고 싶은 사람

유진목
『식물원-0』

그는 다시 태어나려고 기다리고 있다

유진목 『식물원』 中

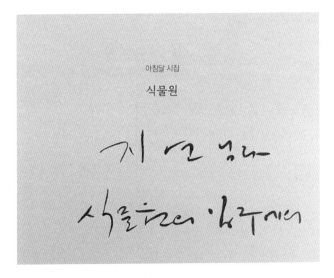

아침달 시집

식물원

지연 님과 식물원의 입구에서

시인께서 내게 이 글을 써주던 곳은 그가 운영하는 서점, **손
목서가**입구였다. 사인을 기다리는 동안 바라본 문밖으로는
초여름의 새파란 하늘과 영도의 청량한 바닷물이 출렁거리
고 있었다. 나는 밖으로 나가 볕이 잘 드는 자리에 앉았다.
시집을 펼치니 종이마다 뿌려지는 선명한 햇빛이 온실의 분

위기를 만들었다. 나는 스스로 찾아낸 그 따스한 순간이 벅
찰 만큼 좋아 앉은 자리에서 구매한 시집을 몽땅 읽겠다는
작은 목표도 세웠다.

이른 아침 그는 식물원으로 들어갔다
해질녘 그가 식물원에서 나왔을 때는
전 생애가 지나버린 뒤였다

유진목 『식물원』 中

마지막 페이지를 덮고 손목서가를 나섰을 땐 나도 전 생애
가 지나버린 것 같은 묘한 기분이 들었다. 시집을 그만큼 몰
입해서 읽은 건 처음이었다. 마지막 시에 쓰여진 '그는 다시
태어나려고 기다리고 있다'라는 문장은 삶을 포기하고 싶어
지면 다시 태어나 재도전하는 마음으로 살아가라는 뜻인 것
같아 못내 안심이 되기도 했다. 지금 힘들다면 결국 다시 태
어나기 위한 몸부림일 테니, 절망과 우울의 끝은 새로 태어
날 나라는 믿음, 삶이 죽도록 힘들어도 그 믿음으로 다시 살
아갈 수 있을 거라는 보험 같은 문장이 선물처럼 다가왔다.

그런데 다시 태어났다는 건 어떻게 알지?

병원에선 아기가 태어나면 먼저 잘 울고 있는지 확인한다고 한다. 폐호흡을 하기 위해, 살기 위해 우는 거라고, 울지 않는 아기는 일부러 간지럼을 태워 울리는 경우도 있다고 한다. 나도 태어나던 순간 울었을 것이다. 그런데 어쩐지 낯설게 느껴졌다. 마지막으로 운 게 언제였지? 나는 평소에 거의 울음을 참는 편이었다. 어려서부터 맷집이 좋았고 잘 우는 건 어린애 같다고 생각했으니까. 장녀는 성숙해야 했고 **울보**가 별명이 되는 건 퍽 자존심 상하는 일이었다. 유년기 또래들 사이에선 성숙은 미덕이었다. 꿀떡꿀떡 울음을 삼키던 순간들. 그 순간들이 쌓여 나는 어느새 잘 울 줄 모르는 사람으로 자라 있었다. 우는 일에 미련도 없었다. 운다는 건 썩 좋지 않은 일이 생겼다는 뜻이었다. 소중한 사람이 떠났고, 누가 다치거나 아팠다. 나는 손목서가와 멀어지는 동안 울음에 대해 생각하며 해안 길을 걸었다. 그러나 확실한 해답은 찾지 못하고 여행을 마쳤다.

영도에 다녀온 이후, 별다른 사건이 있던 것도 아닌데 내면은 좋지 않은 방향으로 흘러갔다. 고립되기를 자처했고 자주 먹먹해졌다. 사소한 우울이라고 생각했다. 매일 쓰는 일기가 도움 된다는 어떤 이의 말이 떠올라 일기장을 샀다. 아무에게도 못 털어놓을 얘기를 종이에 징징거렸다. 기대와는 달리 원하는 만큼 마음이 가벼워지지 않았다. 혼자 여행도 떠났다. 이런 기분이 들면 다른 환경에서 잠깐의 시간을 보내기만 해도 원기 회복이 됐었다. 그러나 여행은 마음을 더 공허하게 했다. 불안이 엄습했다. 이번 우울은 뭔가 심상치 않았다.

불안정한 내면은 나와 내 주변을 둘러싸고 있는 모두를 싫어지게 만들었다. 당황했다. 오래 알고 지낸 친구도 나를 감정에 크게 동요하지 않는 사람인 것 같다며 부러워하곤 했기 때문이었다. 나 역시 마음 한구석엔 혼자서도 내면을 보살필 줄 아는 어른이라는 자부심이 있었다. 나는 나를 뭐든 스스로 극복할 수 있는 굳센 사람이라고 확신해왔다.

모든 건 착각이었다. 나는 타인의 별 의미 없는 말에 쉽게 동요되었다. 또 나의 예민함에 자주 실망했다. 나도 모르게 내가 나를 한심해하고 있었다. 그러지 않기 위해 누구와도 오랜 대화를 하지 않으려고도 했다. 그러다 잠깐이라도 대화가 길어지면 꼬리의 꼬리를 물어 집요해졌다. 한심하다는 걸 알면서 한심함에 상응하는 행동과 생각을 멈출 수 없었다. 나는 내가 싫어 나에게 폭언했다. 끝내 얻은 건 나에게 완전히 질려있는 나 자신이었다.

뾰족한 수없이 틈날 때마다 길을 나섰다. 먼 도시로 가 걷고 걸었다. 걷는 동안 묵념했다. 힘줘서 쓴 일기장은 운 것마냥 저 혼자 우글거렸다. 달라지는 건 없었다. 달라지기를 바라던 기대도 없었다. 한숨도 내 몫이었다. 손목서가에서의 시간이 주마등처럼 지나갔다. 나는 지금 다시 태어나려고 몸부림 중인 건가? 새사람이 되기 위해 이렇게 힘이 드는 걸까? 잘은 몰라도 누추한 기분이 가혹하게 느껴지는 건 사실이었다.

그런데 다시 태어났다는 건 어떻게 알지?

　방금 태어난 아기처럼 울어보기라도 해볼까. 밑져야 본전, 매일 괴로운 날을 보내느니 아기처럼 살려고 울어나 볼까. 어떤 책의 제목처럼 '운다고 달라지는 일은 아무것도 없겠지만' 걷고 미워하며 우울이 지나가기를 기다릴 수도 없는 노릇. 고여있는 울화통을 모두 내보내고 싶었다. 내가 너무 딱했다. 단단했던 내가 그리웠다.

　목 놓아 울기로 결심은 했지만 울음을 오래 참아온 탓일까. 갑자기 울어보려니 좀 막막했다. 아, 울 줄도 모르는 인간에겐 울 준비도 필요한 거였나 보다. 나는 울기 위해, 울화통을 내보내기 위해, 다시 태어나기 위해 내 이야기를 들어줄 완벽한 타인을 찾아다녔다. 친구도, 가족도, 동료도 아닌 내가 나인 걸 모르는 타인… 내가 이런 마음을 가지고 사는 걸 몰라도 되는 타인. 근처 상담 센터를 찾다가 온라인 상담 센터를 발견했다. 이름도, 얼굴도, 내가 어떤 사람인지 알리지 않아도 되었다. 상담비를 지불하고 노트북 앞에 경건하게 앉왔다. *작아지는 마음이 들면 나에게 걱정하지 않아도 된다고 이야기해주세요.* 선생님은 그렇게 말했고 나는 그것을 받아 적으며 차오르는 눈물을 훔쳤다. *나는 나를 믿으니까, 나는 나를 알고 있으니까.* 일기장에 봉인하듯 정성들여 옮겼다. 비밀의 수위가 높아질수록 눈앞은 뿌예져 해상도는 낮아졌다. 울기만을 기다렸던 사람처럼 흐르는 눈물에 두 뺨이 얼얼했다. 사진으로 만난 선생님께 감사하다는 인사를 하고 선생님과 나눈 대화를 복기했다.

개운했다. 처음으로 기쁘게 울었다. 기분이 뽀얘졌다. '그는 다시 태어나려고 기다리고 있다.' 보험 같은 이 문장은 나를 새사람으로 만들었다.

울음 끝의 그 개운함을 알기에 일부러 우는 사람도 있다고 한다. 슬픈 영화나 드라마를 종종 활용하기도 하면서. 나는 이제부터 울보가 돼도 좋으니 잘 울고 싶어졌다. 언제든 울어 다시 태어나고 싶다. 자주 울어 씩씩하게 잘 살고 싶다.

준비물은 사랑하는 마음

초판 1쇄 발행	2022년 11월 4일
초판 1쇄 인쇄	2022년 11월 4일

지은이	심지연

펴낸이	이장우
편집	송세아 안소라
디자인	theambitious factory
마케팅	시절인연
제작	김소은
관리	긴한다 한주연
인쇄	아레스트

펴낸곳	도서출판 꿈공장플러스
출판등록	제 406-2017-000160호
주소	서울시 성북구 보국문로 16가길 43-20 꿈공장 1층

이메일	ceo@dreambooks.kr
홈페이지	www.dreambooks.kr
인스타그램	@dreambooks.ceo

전화번호	02-6012-2734
팩스	031-624-4527

ISBN	979-11-92134-26-0
정가	13,800원